L'ESPÉRANCE EST MA PATRIE

FRANCK PAVLOFF

L'ESPÉRANCE EST MA PATRIE

roman

ALBIN MICHEL

La frontière entre l'Est et l'Ouest se déplace sans cesse,
tantôt vers l'est, tantôt vers l'ouest,
et l'on ne sait jamais vraiment où elle passe,
sur l'Elbe ou dans l'Oural, ou bien à l'intérieur de nous :
une oreille, un œil, une narine, une main, un pied,
[…]
de ce côté-ci de la frontière, et l'autre de ce côté-là.
Il n'y a que le cœur, que le cœur qui soit toujours d'un seul côté :
à l'ouest quand nous regardons vers le nord,
à l'est quand nous regardons vers le sud,
et notre bouche ne sait pas au nom de quel côté
elle doit parler.

Jaan Kaplinski, poète estonien
(1941-2021)

L'enfant s'est tu. Paupières mi-closes, Stig observe la jeune femme brune calmer son bébé de gestes secs.

Épaule calée contre la fenêtre du train, il somnole, sonné par la bière ingurgitée au bar de l'aéroport après le vol matinal Stockholm-Tallinn.

Avant de rejoindre la gare centrale, deuxième étape de son voyage, il a englouti un sandwich au hareng avec une Põhjala noire. Une voracité passagère pour repousser la tension. Pourtant, sa nouvelle mission ne semble pas plus hasardeuse qu'une autre.

Court arrêt, Rakvere. Chuintement des portes. Deux, trois voyageurs montent. L'Intercity qui longe de loin la Baltique repart à travers la campagne baignée de brume. Dans une demi-heure, Narva.

À ses côtés, une vieille dame à cabas pianote sur son portable avec une conviction adolescente. L'Estonie, le pays le plus branché du monde.

Sur la banquette d'en face, deux ouvriers en bleu de travail parlent russe. Musettes sur les genoux, ils le fixent sans bienveillance. Son costume d'homme d'affaires détonne dans ce train régional. Il perçoit vaguement leur conversation.

À l'est, toujours plus à l'est, vers la frontière russe. Les wagons orange vif fendent le paysage. La voie ferrée s'enfonce dans des forêts de bouleaux argentés. Des saules bordent des lacs de tourbières aux reflets bleutés.

Stig Nyman aime l'ajustement des couleurs. Il aurait voulu continuer les Beaux-Arts au-delà des deux premières années, mais son père, caricature du comptable luthérien effrayé par une vie supposée de bohème, l'a poussé vers des études de droit public. Peindre sa propre vision chromatique du monde, voir au-delà de l'empreinte du réel, c'était son idéal. Ce fut un échec. Il n'est même pas devenu juge ou avocat mais généalogiste successoral dans l'agence privée de Maître Lindberg à Stockholm. Le notaire suédois qui lui a confié cette mission rend service à son confrère et ami estonien Maître Jakobson de la très chic étude notariale de Tallinn, dont le généalogiste vient de partir à la retraite.

À l'actif de Stig, trois ou quatre recherches médiatisées dans le milieu notarial international et la maîtrise de plusieurs langues, dont l'estonien, le russe, l'allemand et le français.

Jõhvi, dernière station avant Narva. Des cyclorandonneurs s'entassent sur les plates-formes. Vélos à grosses sacoches, guidons bardés de cartes routières. Ils parlent fort, en allemand. Étonnante Estonie, terrain de bataille depuis toujours des peuples voisins, saignée à mort au siècle dernier par les Bruns et les Rouges et à présent sur la liste des pays où il fait bon vivre sous le drapeau bleu étoilé de l'Europe.

Stig s'étire, évite le regard inquisiteur des ouvriers. Tic professionnel, qui sont-ils, d'où viennent-ils ? Parler russe n'est pas un indice. À Narva, cité frontière, quatre-vingt-dix pour cent de la population est russophone. Longtemps la ville ne fit qu'une avec celle d'Ivangorod, juste en face sur la rive russe du fleuve. Si ces deux hommes-là connaissaient l'origine de leurs arrière-arrière-grands-parents, ils seraient certainement surpris. On n'est pas à l'abri de la dérive des amours et des trahisons de ses ancêtres. Les histoires familiales à tiroirs sont aussi emmêlées que l'histoire des nations. Stig est payé pour le savoir. Aux nodosités des branches familiales, séparations, reniements, disparitions s'ajoutent les inextricables nœuds des alliances et mésalliances des peuples. Aux doutes des paternités s'ajoutent les doutes identitaires.

Ces travailleurs qui se rendent sur un chantier de Narva, se déclarent-ils citoyens d'Estonie ou nés de parents russes, biélorusses, ukrainiens ? S'il leur disait après recherche remontant à la quatrième génération, il n'y a pas si longtemps finalement, que leurs babouchkas tout en broderies et bottes de laine sur les photos d'époque étaient peut-être des Juives échappées des pogroms ordonnés par le Tsar Alexandre III en 1884, ils arrêteraient de le regarder ainsi. Rien de tel pour calmer l'arrogance de certains patriotes de l'Est que de leur rappeler qu'ils ont peut-être des ancêtres ashkénazes.

Il sourit, se revoit dernièrement assis en face d'un homme et d'une femme éplorés réunis dans le bureau acajou de Maître Lindberg, leur apprenant que la plus grande part de l'héritage qu'ils espéraient tombait dans l'escarcelle d'un oncle installé dans le Minnesota, détenant la majorité des actions de l'entreprise familiale.

Ces moments de bascule où des héritiers hébétés voient s'éloigner la poule aux œufs d'or le récompensent de toutes les heures solitaires à fouiller dans des registres d'état civil. Ni vengeance ni cruauté, le simple plaisir d'avoir fait mentir les faits, d'échapper à la logique des recherches généalogiques. Et sans doute de faire un pied de nez par procuration à la froide rigueur paternelle.

Le soir même de cette affaire, il est allé dans les bars de Stockholm, oubliant pour quelques heures qu'il gâchait sa vie de trentenaire à fouiller dans le passé des autres plutôt qu'à construire son avenir. Et le matin, dégrisé, s'est retrouvé en costume et chaussures pointues devant la plaque de cuivre de Maître Lindberg avec sous son nom, en petites lettres goguenardes, sa spécialité : « Généalogiste successoral ». Une fois de plus, il a capitulé, renoncé à faire le pas de côté qui lui aurait permis de s'inventer une vie d'artiste.

L'arrivée à Narva le sauve d'une bouffée de spleen.

*

Avant d'aller poser son sac, il rejoint à marche vive le fort médiéval qui coiffe la ville et surplombe le fleuve. Un impérieux besoin de s'aérer. Les signes avant-coureurs de la dépression hivernale des pays nordiques rôdent. Cette mission, avant même qu'elle ne commence, émet des ondes troubles.

Accoudé au rempart, cheveux clairs dans le vent, il s'évade.

Les rois de Suède, les Tsars, plus tard les Allemands et les Soviétiques ont dévasté cette zone frontalière et l'homme qu'il est censé retrouver, et dont pour l'instant il ne sait rien, est peut-être enfoui sous ses pieds, dans les fondations du fort, avec les restes des milliers de soldats et civils massacrés en 1944. Comment le savoir, comment remonter jusqu'à lui ? Les cocus de l'Histoire lui sont moins familiers que ceux des chambres à coucher.

Au milieu du fleuve qui coule vers la Baltique, sous le pont des douanes encombré de camions et de piétons, deux barques flanc à flanc, à l'exacte ligne frontière entre l'Estonie et la Russie, tanguent au gré du courant.

Au sommet des mâts, de petits pavillons bleu-blanc-noir à l'Ouest, blanc-bleu-rouge à l'Est s'agitent comme des mains qui hésitent à se saluer.

Pour cette nuit, le Narva Hotell fera l'affaire. Un bâtiment de quatre étages tout en longueur sur l'avenue Igor-Grafovi, aussi anonyme que les autres bâtisses reconstruites du centre-ville, anéanti lors de la bataille dantesque de juillet 1944. Soixante mille soldats allemands chassés de cette poche de résistance par deux cent mille combattants russes. Les Estoniens, libérés de la sinistre occupation des nazis ayant déclaré le pays « judenfrei, libre de Juifs », allaient pouvoir goûter pendant les cinquante années suivantes aux joies du joug soviétique.

Euphorie et dépression, l'Estonie, pays bipolaire.

De la fenêtre de sa chambre, Stig suit les derniers rayons du soleil lustrant les dômes de la cathédrale de la Résurrection où les orthodoxes russophones, fervents du relèvement des morts, viennent ressourcer leur foi. Les luthériens d'Estonie, minoritaires, s'en remettent plus humblement à saint Alexandre dont l'église peine à renaître des combats qui l'ont amputée de son clocher et de sa coupole.

Installé à la table étroite entre radiateur et armoire, ordinateur ouvert sur sa droite, dossier de recherche de filiation à sa gauche, il s'aperçoit vite que l'affaire engagée est plus complexe qu'il ne l'avait cru.

En Suède, le notariat privé n'existant pas, Maître Lindberg a mis au point une agence avec des protocoles dignes d'une officine de détective, mélange d'intuitions, de recueils d'informations et d'acharnements informatiques. Stig, qui d'habitude ne consulte jamais les pièces du dossier avant d'être sur place, parcourt quelques photocopies et a l'impression de s'être fait légèrement flouer.

Il n'est pas le seul à être sur la piste d'un certain Toomas Luutos, né à Narva le 10 janvier 1918, et dont on se demande s'il a des héritiers. Une recherche successorale est conjointement entreprise en Russie. Maître Jakobson, qui l'a demandée, n'en a pas soufflé mot lors de la transaction avec l'agence suédoise.

Rien n'est vraiment malhonnête dans cette omission. Dans le milieu international des grosses fortunes et successions, on ne dévoile pas ses cartes, même à un confrère. Les honoraires de l'étude notariale étant indexés librement sur la valeur de l'héritage, on ne divulgue sa nature que si les heureux héritiers retrouvés consentent à signer les yeux fermés un contrat dit « de révélation de succession ». Autant être le plus discret possible, même avec ses meilleurs alliés.

Le généalogiste qui débusquera les descendants ou collatéraux prêts à rétrocéder le quart voire la moitié de leur succession en signant ce fameux contrat raflera la mise. Si le notaire de Tallinn a mis deux étrangers sur le coup, c'est qu'il connaît la teneur de l'héritage de ce Toomas Luutos : sûrement un bien beau pactole.

C'est plus qu'un simple travail de généalogiste qui est demandé à Stig, une course de fond où il lui faudra jouer des coudes pour arriver en tête.

Face au miroir à la découpe rococo accroché au mur, il s'arrête sur le reflet de son visage. La lumière du plafonnier écrase ses traits, gomme ses yeux clairs, accentue son air grave.

Archéologue des destins individuels est un métier dont les révélations ne sont pas innocentes. La généalogie est prédatrice, exhumer les secrets de l'intime est aussi violent que de déterrer la dépouille d'un défunt. Faire revivre l'imbrication des générations, remuer ce qui n'est plus, traquer les mémoires, c'est se repaître des restes d'un passé enfoui. Un jour, à force de défricher des pistes tortueuses, Stig finira par s'égarer.

Sa chambre est anguleuse, inhospitalière. Il repousse sa chaise, chasse ses pensées grises. Ses chances pour remonter la piste jusqu'à Toomas Luutos, né il y a cent ans dans la région de Narva, disparu depuis plus de cinquante ans sans laisser d'adresse, sont minces. Dans les années 1930, un programme national d'estonisation a autorisé le changement de nom à qui voulait se départir de ses origines étrangères. Naître en 1918, comme cet inconnu, alors que le régime tsariste s'effondrait, que l'Empire allemand sombrait, que l'Estonie balbutiante cherchait sa première indépendance, passant du calendrier julien au calendrier grégorien, c'était faire ses premiers pas sur une carte d'Europe prise de vertige. Bon courage au généalogiste de service pour retrouver l'acte de naissance de cet homme !

Douche, bière tiède du minibar en panne, Stig referme le couvercle de la boîte de Pandore qui a laissé échapper les corbeaux noirs du doute. Il enfile jean et chemise blanche sous un anorak noir de coupe russe, casquette de l'équipe de hockey de Tallinn pour équilibrer son look russo-estonien. Au fond d'une poche, son passeport suédois. Sait-on jamais, Poutine pourrait profiter de la nuit sans étoiles pour enjamber le fleuve, refaire le coup de la Crimée et du Donbass ukrainien, rectifier les frontières, demander des comptes aux étrangers.

Le vent des plaines de Saint-Pétersbourg, alourdi des brumes de la Baltique, s'engouffre dans la tranchée du fleuve, roulant des ballots de nuages noirs. Sous la pluie, Stig longe les murs à la recherche d'un bar ou de n'importe quel club, pourvu qu'il y ait de la musique, des spots, de la vodka et des jeunes pour qui Narva est une ville d'aujourd'hui et non le creuset d'un passé martyr.

Derrière les fenêtres des immeubles, la lumière bleutée des dîners-télé en famille. Au carrefour Arbujad, deux rosaces vert fluo et les lettres rouge sang du *Stormy Night* encadrent la façade d'un ancien atelier. Quatre ou cinq voitures sur le parking, la soirée n'a pas débuté.

Il aime cet instant où le plaisir de la découverte s'accompagne du petit frisson de l'inconnu. Les discothèques ne sont pas toujours des lieux d'accueil et, malgré son anorak de l'Est, son élégance ne laisse pas de doute, il vient de l'Ouest.

Pas de contrôle à l'entrée. Sur la porte en planches cloutées, une affichette jaunie indique en russe un dress-code tout en paillettes, strass et boa, vestige des premiers jours d'ouverture.

Un fond de musique, trois fauteuils tournants occupés par de solides gaillards en bordure de l'immense piste de danse, des couples au bar capitonné de tissu grenat. En bout de salle, un podium repeint de blanc encadré de pilastres néo-grecs coiffés de chapiteaux lanceurs d'éclairs.

Quelques pas retenus sous des regards croisés et Stig se glisse dans l'ambiance du *Stormy Night*. Vodka glacée au bar avant de s'installer un peu à l'écart.

Enfoncé dans un fauteuil mou, il partage une table basse avec un groupe de filles qui le saluent en russe. On pourrait être de l'autre côté du fleuve, à Ivangorod ou à Saint-Pétersbourg ou dans n'importe quelle bourgade russe. À Narva, l'Estonie est une langue, pas un territoire.

À vingt-trois heures la pluie tambourine toujours sur le toit de tôle et la salle commence à se chauffer, reprenant en chœur les paroles de Boney M. Avec sa voisine, une blonde enjouée, Stig se prend au jeu : « Ra Ra Rasputin / Lover of the Russian queen… He ruled the Russian land and never mind the tsar… » (Ra Ra Raspoutine / Amant de la reine russe… / Il a gouverné la terre russe et peu importe le Tsar).

Il trinque avec cette fille, Aliona, qui l'entraîne sous

les flashs violets de la piste. À la deuxième reprise de « Ra Ra Raspoutine », bras à l'horizontale, genoux au ras du sol, il suit le tempo du kazatchok.

Aliona, essoufflée, le ramène par la main.

– T'assures ! Je t'ai jamais vu ici. T'es d'où ?

– Stockholm. C'est important ?

– Non, Est ou Ouest, je prends ce qui est bon des deux côtés.

La musique mouline à fond, il se penche vers elle.

– Viens plus loin, on s'entend pas.

Sourire vers ses copines, elle rejoint les vestiaires, tout en légèreté dans sa tenue rétro spéciale années 1980, body violet et large pantalon canari.

– Ton job, c'est quoi ?

Il hésite un instant, simplifie :

– Je travaille dans le juridique. Une affaire complexe, un lointain héritage. Je cherche une famille dont le père a habité la région. Mais il y a si longtemps.

– Bonne chance, t'es tombé dans la ville la plus incertaine de la planète ! Moi j'adore, je marche sur un fil, à droite je tombe à l'Est, à gauche à l'Ouest, je suis de nulle part ou de partout. Y a qu'ici que je trouve mon équilibre.

Elle s'interrompt.

– Attends-moi.

Pause musicale, lumière en sourdine, plafond d'étoiles. Aliona réapparaît dans un halo de cheveux cendrés, deux verres à la main.

– Mon préféré, Black Russian, vodka, liqueur de café sur glaçons. Terviseks !

– Skäl !

Ils se sourient.

– Pourquoi Narva l'incertaine ? reprend Stig.

– Tu veux en savoir plus ?

Il acquiesce.

– Faut remonter dans le temps, quand après quatre ans d'occupation nazie l'URSS a pris sa revanche, c'était en 1944. Mais pour une fois que je sympathise avec un Suédois, on va pas parler du passé !

– T'as raison. Mais tout de même, ça m'intéresse.

– Alors allons ailleurs. Tout juste minuit, je t'emmène à Narva-Jõesuu, la ville balnéaire voisine. Un quart d'heure dans ma vieille Hyundai vers la Baltique. J'ai envie de voir la mer.

Sans attendre sa réponse, elle dit au revoir à ses amies, salue deux ou trois danseurs de la main, applaudit un couple disco qui monte sur le podium.

Elle est simple, directe, pense Stig, mais ça veut dire quoi cette balade nocturne ? Après tout, elle interroge le monde, moi je le questionne. Elle est du coin, elle pourrait m'aider à remonter vers la famille Luutos.

Il la rejoint aux vestiaires.

*

La pluie a cessé, des plaques de brume lèchent l'asphalte, ils roulent dans la campagne déserte. Des forêts de pins sombres, parfois la silhouette lourde de ce qui semble être un ancien blockhaus ou un monument, quelques échappées claires sur la droite où brille le fleuve. De rares voitures reviennent de la cité balnéaire, disparaissent aussitôt. Par la vitre entrouverte, une odeur de résine et d'algues marines.

– On arrive bientôt.

Elle l'a dit en estonien, s'en rend compte, ajoute :

– Il n'y a qu'au *Stormy Night* que je parle russe, si mes parents savaient !

– On dirait une adolescente, tu les crains ?

– Non, vraiment pas ! Leurs propres parents ont fait partie des soixante-quinze mille Estoniens déportés par les Soviétiques quand ils ont repris l'Estonie et la langue russe leur est insupportable. Ils sont en mauvaise santé, mes deux frères sont partis, à Tallinn et à Tartu, alors je m'occupe d'eux.

Elle s'interrompt, reprend :

– Ce n'est pas le mot juste, je les accompagne, nous sommes très unis. Le destin tragique de leurs parents nous a rapprochés.

– J'ai vu parfois le contraire dans les successions, la famille endeuillée se disperse. Le malheur n'est pas toujours un bon ciment.

– C'est ça l'incertitude de ceux de Narva, comme si

on n'avait pas digéré ce trop de malheur, l'occupation nazie puis l'annexion soviétique, et qu'on doutait toujours depuis trente ans que l'Estonie soit redevenue un pays libre.

Ils se taisent, surpris par le ton qu'a pris leur échange, bien loin de l'énergie brouillonne du bar.

Le halo de quelques lampadaires, un arrêt de bus, une pancarte « Narva-Jõesuu », de vagues trottoirs, les néons en sourdine d'une supérette, des maisons basses, de petits immeubles endormis.

Elle s'engage dans l'allée d'une pinède clairsemée. À l'entrée, un vieux chalet à l'abandon, balcon et colonnettes de soutien sculptés de larges rosaces, peine à s'extraire d'un fouillis de lierre et de buissons.

Elle dit avoir toujours vu cette maison en cet état.

– Une histoire d'indivision sans doute. Si ça te chante !

Ses yeux plissés de malice.

Stig se tait. Tout va si vite. Ce matin, il s'envolait de Stockholm avec une serviette bourrée de dossiers juridiques et, quelques heures plus tard, il se perd à l'autre bout de l'Estonie avec une inconnue dans un parc gardé par une cabane fantomatique. Dans le faisceau des phares, les planches qui clouent les volets sont teintées de mousse grise.

Aliona se gare à côté d'un manège, coupe le moteur. Des éléphants, des girafes, des biches de métal coloré attendent le lendemain des enfants sages, derrière un grillage cadenassé.

Son odeur de femme, sa peau plus qu'un parfum. Il pivote sur son siège.

Elle devine le trouble de l'homme, se glisse hors de la voiture, enfile un imperméable rouge, marche dans l'allée.

– Il faut que je te dise, c'est vieux jeu mais il vaut mieux : je ne suis pas habituée à proposer aux hommes une balade au clair de lune. Pourquoi cette nuit ? Je n'en sais rien, je me sens bien. Excuse-moi de le dire à quelqu'un dont le job est de fouiller le passé mais, pour moi, seul le présent compte. Peut-être en réaction à mes parents, captifs des tristes années d'avant.

Le ressac de la mer s'installe, bat son rythme derrière les dunes qui barrent la forêt, intemporelle. Par-ci par-là, des guinguettes, des terrasses à parasols, des balançoires, un kiosque à musique.

Aliona court déjà nu-pieds vers la mer. Il la voit s'éloigner vers l'avancée de rochers du fleuve frontière et ramasser des coquillages.

Les palaces où dorment les Russes de Saint-Pétersbourg, oligarques de banlieue, sont en bout de ville, invisibles. Des bancs orange vif plantés sur le sable gardent la plage. Stig s'y installe.

Aliona a attisé les doutes qui tournaient dans sa tête il y a peu à l'hôtel. Ne sait-il plus accrocher l'instant présent, respirer l'air du temps ? Son père, inquiet de la propension des artistes à s'installer dans une vie désordonnée, l'a inscrit dans la lignée des hommes du réel et il s'est enfermé dans une profession dont le travail essentiel est de suivre une logique où les branches d'un arbre de vie sont reliées au même tronc, sans que jamais s'arrête la transmission des gènes.

Une poignée de sable s'écoule entre ses doigts.

La fille revient à pas comptés. Un petit signe de main, elle s'assoit en silence à l'autre bout du banc aux stricts accoudoirs. Touches rouges sur orangé, plage gris mouillé. Dans ses cheveux, des mèches argentées. La mer à l'infini. Elle ferme les yeux.

Ses pensées s'évadent, hors de contrôle, très loin d'ici. Exactement sur un quai du port de Kaliningrad où un garçon au ciré de pêcheur l'attend. Elle a de lui quelques photos et de rares lettres où tempêtes et orages embrument les mots d'amour. Si peu de choses. Elle remonte le col de son imperméable. Dans la paume de sa main, deux pépites d'ambre marin striées de jaune miel ramassées dans le sable.

Dans le couloir du vent du nord tourbillonnent des papiers colorés.

Elle se glisse vers Stig, dépose dans sa main une pierre d'ambre.

– Cadeau de la Baltique. Garde-la. Tu veux connaître sa légende ?

Son ton se fait grave, lointain, comme embrumé par une lourde fatigue :

– La déesse des sirènes, Juraté, vivait au fond de la Baltique dans un splendide palais d'ambre. Son père, dieu du tonnerre qui l'avait promise au dieu des rivières, entra en grand courroux quand il apprit qu'elle était amoureuse d'un simple pêcheur. Ses flèches de foudre traversèrent la mer, tuèrent le pêcheur et détruisirent le palais. La déesse des sirènes échappa à la mort et pleura son amant de mille larmes d'ambre. Ce sont elles qui s'échouent sur les rivages de la Baltique.

Après un long silence Stig se lève, lui offre son bras.

– Rentrons, veux-tu ?

Ils s'en vont.

Il ose :

– Tu as raison, seul le présent compte. Peut-être nous reverrons-nous, peut-être pas, mais je porterai l'ambre sur moi, je crois savoir qu'il se ravive au contact de la peau.

Le vent au-dessus des pins fait virevolter les papiers colorés, ailes arrachées à un petit moulin de plage.

Les vagues se creusent, le vent d'ouest courbe les bruyères pourpres de la pointe rocheuse. Les ailettes rouge et jaune du moulin s'affolent, soleil orange face aux nuages bas qui assombrissent la baie de Saint-Brieuc. À l'opposé, la côte de Paimpol capte la lumière.

De l'atelier de sa maison, Louna suit l'avancée du grain. Dans quelques minutes, l'averse cinglera le mobile de tôle fixé à la vergue du grand mât fiché à l'étrave des rochers. Autour d'elle, des installations de métal coloré cliquettent au vent. Elle traverse le jardin en claudiquant, serpente entre les allées, pousse la barrière du sentier des douaniers. Elle dénoue la corde, amène le support de bois, gestes de marin qui affale la grand-voile, plaque le mobile au sol. Avec son tablier en cuir, sous le brouillard de pluie, sa silhouette sort d'un conte où les bateaux fantômes rejettent d'étranges créatures sur les côtes bretonnes.

Elle retourne se mettre à l'abri. L'orage gronde, elle

débranche le poste à soudure. Il y a peu, les prises murales ont fondu sous la foudre.

Son jardin anarchique est à la fête. Girouettes multicolores, rosaces polychromes, moulinets, vire-vent rotatifs, vrilles bariolées qui occupent le moindre recoin et cernent les escaliers, tournoient, s'enroulent, pivotent, défient les rafales avec l'élégance d'oiseaux tropicaux sous la mousson.

Pour Louna, les couleurs des mobiles sont plus importantes que leurs formes et le vent de noroît donne une seconde vie à leur harmonie. Les mobiles à hélices bleues, rouges, jaunes renaissent lunes vertes, ceux où les pales turquoise remplacent le jaune, virent en rosaces flamboyantes, les moulinets bicolores sont boules de feu, et le jardin noyé sous l'averse a l'éclat d'une composition de Kandinsky.

Sa passion pour l'alliance des couleurs lui est venue pendant les mois interminables et douloureux passés dans un établissement de réadaptation des Côtes-d'Armor, après l'accident de voiture où sa mère avait perdu la vie et elle l'usage de ses jambes. Seul horizon, les murs beiges de la chambre, le carrelage laiteux de la piscine de soins, l'ivoire blême de la salle de rééducation. Rien pour réchauffer le regard.

Par la fenêtre, le vert tendre des feuilles d'un tilleul lui arrachait des larmes que les soignants mettaient sur le compte de son âge : à quatorze ans on a besoin de retrouver ses amies de classe. C'était bien autre chose, elle avait compris au décès de sa mère qu'avec le cercueil on enfouissait la lumière et elle voulait vivre, vivre, faire s'envoler des sauterelles, cueillir les premières jonquilles. Elle serait mouvement, tourbillon et l'arc-en-ciel viendrait boire au creux de sa main. Par la fente de ses paupières mouillées elle faisait vibrionner les feuilles en forme de cœur du tilleul, le vert devenait mousse, forêt, prairie et elle dérivait dans une immensité de verdure, sans corset, sans béquilles.

Lorsque enfin elle fit ses premiers pas, on s'aperçut qu'une réhabilitation respiratoire était nécessaire. Elle n'avait plus comme proches qu'un jeune frère souffrant d'asthme, accueilli dans une maison d'altitude du Briançonnais. Depuis longtemps elle n'avait plus de nouvelles de son père, parti un beau matin sans laisser d'adresse. En attendant sa majorité, on la plaça dans un centre spécialisé du côté de Saint-Brieuc.

Sa nouvelle chambre profitait d'un coin de terrasse dominant la baie. Ses larmes furent de joie. À toute heure du jour, on la trouvait face à la mer, carnet de dessins et crayons sur les genoux. Elle repoussait les tons pastel, les bleus tendres du matin devenaient cérulés, elle enfiévrait les rouges du soir. Elle voulait tordre le cou aux heures molles, au carcan médical et se voyait courir à perdre haleine sur la ligne de feu du dernier rayon de soleil.

Parfois elle se levait et criait vers le large, appel sans

limite, sans écho. Elle était seule, le resterait, gardée par des chevaliers aux armures de tôle à qui elle offrirait des moulins d'utopie.

À peu près rétablie, majeure sans attaches précises, on lui proposa de loger dans l'ancien deux-pièces du gardien, en bordure de mer. Vue imprenable, silence total.

Elle possédait quelques vêtements, des livres, ses disques fétiches, son matériel de peinture, le ciel et les vents de Bretagne. Le bonheur retrouvé.

Dans les deux années qui suivirent, continuant à créer de ses mains, elle ramena les cartons et les bouts de plastique qu'elle dénichait, du fil de fer, des ciseaux à lames dentées et commença à découper des ailes de moulin sur une table à tréteaux. Elle apprit à les monter sur un axe, à trouver leur équilibre, les nomma « tourniquets de feu », appellation qui la fit connaître dans la région comme plasticienne.

*

La pluie s'installe, les moulins sont d'eau. Demain, Louna redressera les mobiles mis à mal par la bourrasque, réparera dans son atelier les tourniquets avec l'attention de ceux qui soignent les oiseaux désailés. Pour que l'air salin n'attaque pas le métal, de petits pots de peinture métallisée sont rangés sur deux étagères, comme des fioles de baume précieux.

Elle frissonne, monte se changer à l'étage. Le salon s'ouvre sur le grand large. D'ouest en est, chambres et salle de bain donnent sur la mer.

Après l'accident, la compagnie d'assurances de sa mère se fit discrète. Il fallut toute l'énergie de l'avocat du centre qui prit sa défense pour récupérer la somme due et les intérêts à partager avec son frère toujours dans les Alpes du Sud. Bien assez pour qu'elle achète la maison de ses rêves.

Un verre de vin à la main, un Tariquet à saveur de raisins d'automne, elle se balance du bout du pied dans un fauteuil en rotin, face au grand large. Vingt ans qu'elle savoure à la tombée du jour, quelle que soit la saison, cet instant de contemplation.

Elle ne se lasse pas de se remémorer le moment où, faisant quelques pas le long du sentier des douaniers qui surplombe Binic, elle aperçut la pancarte fichée dans une haie d'aubépines avec un numéro de téléphone presque effacé. La maison, dont on devinait la structure austère inhabituelle dans ce coin, était à vendre. Le terrain en friche, immense, peu ombragé, plongeait d'un côté sur la falaise couverte de bruyères, là où elle a planté le mât de voilier et sa vergue.

L'orage a viré vent d'ouest et revient du côté de Paimpol. Une de ces colères rageuses et imprévisibles qui font se signer les femmes de marins. Girouettes, hélices, vire-vent tirent sur leurs axes, le ciel tonne, la pluie s'aiguise.

Elle s'est installée sur cette côte bretonne pour les volte-face du temps, les ciels d'aube claire, les cieux de bitume, et elle ne saurait dire si cette soudaine violence la fascine ou l'angoisse. Ces moments d'incertitude où roulent les tonnerres l'installent au cœur des flux et reflux de sa vie. Elle se prend au piège du doute et des pourquoi sans réponse.

Son accident de voiture à l'âge où les fillettes rêvent d'avenir, pourquoi ? Et pourquoi celle qui lui avait donné la vie a failli la lui retirer ? Une mère doit veiller sur son enfant, pas la massacrer entre tôles et parapet et la laisser orpheline. À moins qu'elle ne l'ait voulu ?

Pense-t-elle vraiment ces mots du soupçon ? Ils sont tapis en lettres de deuil dans la nébuleuse de son inconscient, ils rôdent, imprécis dans sa tête depuis quarante ans, n'attendent qu'un signal d'orage pour se déchaîner et lui laissent au visage une tension douloureuse.

Elle se redresse, grimace sous le pincement de sa hanche, plaque son front contre la vitre. Larmes contre pluie, son corps est secoué de sanglots. Elle reste un moment les yeux fermés puis, pour chasser les images parasites du parapet qui fonce vers elle, aussi précises et douloureuses qu'au premier jour – vitres explosées, portières arrachées, tournis des visages au-dessus d'elle, plafonnier de l'hôpital –, elle va au coffre à musique, enclenche un vinyle noir. Sur l'étiquette rouge un nom en cyrillique mille fois prononcé : Alexandre Borodine.

Sur les dernières notes de la clarinette éclatent les sons des cors et des bois, suivis fortissimo par un chœur d'hommes, grave, profond. La musique envahit la pièce, repousse les murs. Le finale russe de *Dans les steppes de l'Asie centrale* défie le sifflement du vent. Les caravanes rejoignent les caravelles de haute mer, soldats russes et matelots bretons s'embarquent pour une même aventure.

Tout est désordre et dissonance, rien n'est stable. De l'affrontement des contraires naît un espoir d'apaisement. Détresse et beauté du monde.

Elle ouvre la baie, reprend son verre et crie les paroles du chœur : « Personne ne m'a dit ce que tu pensais / Expliquez-moi encore / Expliquez-moi encore » qui pourraient se prolonger par les prières des croyants agenouillés aux marches des calvaires : « Pourquoi m'as-tu abandonné ? »

Du côté de Binic, le ciel bas se dégage, la croix du belvédère de l'église Notre-Dame-de-Bon-Voyage perce les nuages. Dans quelques heures, seuls le sol détrempé et les gouttelettes aux ailes des tourniquets témoigneront de la brutalité de l'instant.

Les paroles du chœur, elle vient de les chanter en russe. Ses parents le parlaient couramment, elle a continué à l'étudier.

Après le départ inexpliqué de son père, un artiste peintre secret, sa mère, comprenant que son absence était un abandon, s'enferma dans un monde fantasque et dépressif, écoutant à longueur de journée les vinyles qu'il avait laissés, et surtout, le soir, *Dans les steppes de l'Asie centrale*.

Elle s'entoura de bibelots souvenirs, de photos des jours heureux, remonta du sous-sol des toiles de maîtres qu'il reproduisait dans le silence de l'atelier. Dans ses voyages d'affaires vers les villes européennes, il emportait quelques tableaux qu'il disait vendre comme copies de sa main. Elle ne savait pas très bien la nature des transactions de son mari mais l'argent rentrait régulièrement et il était généreux. Elle dont la mère, biélorusse, avait été proche de Chagall admirait en experte la qualité des reproductions et jamais n'imagina que ces tableaux puissent être vendus pour authentiques sur des circuits parallèles.

Cet homme si discret sur ses origines et dont elle savait peu de choses sur les années d'avant leur rencontre s'était bel et bien évaporé. Au lieu de se battre, elle perdit pied.

Louna ne suivit pas sa mère dans ses dérives. Elle se figurait son père aux mains d'escrocs, capable d'échapper à tous les pièges et de bientôt s'asseoir à la table familiale. La musique de Borodine lui faisait battre le cœur, il allait revenir.

Plus tard, sa mère décédée et son père attesté par jugement déclaratif définitivement absent, les meubles et objets du pavillon furent dispersés. Son frère récupéra quelques photos et papiers de famille et elle un Kandinsky qu'elle accrocha au mur de la « maison des douaniers », comme elle l'appelle.

Ce tableau a une portée cosmique, avec un rectangle jaune, une croix rouge inclinée et un grand cercle bleu foncé qui auraient leurs places dans son jardin.

Léa, son amie peintre installée dans la ville voisine d'Étables-sur-Mer, pense qu'il est de la main même de l'artiste. Elle lui a appris que Kandinsky, né à Moscou, installé à Munich après avoir refusé une chaire de professeur à l'université de Tartu en Estonie, s'était installé en France. Une vie agitée, tourbillonnante.

– À l'image de la vie de ton père, non ? a-t-elle ajouté avec malice.

– Pourquoi pas, a répondu sèchement Louna.

Personne, même pas Léa, ne pouvait s'octroyer le droit de la rattacher à son passé familial. Son unique date de naissance était celle de son accident. C'étaient ses propres mains qui l'avaient accouchée ce jour-là du ventre du néant. Elle voulait être l'unique graine de son arbre généalogique aux racines tranchées.

Devant sa détresse, son amie s'est excusée, l'a serrée dans ses bras. Elles ne parlèrent plus de cette douleur.

Le lendemain de l'orage, attablée au café de la Mer, Louna suit des yeux les flâneurs du matin sur le quai Jean-Bart. Le ciel est d'ardoise.

Elle s'est levée tôt pour aller à la poste de Binic. Une lettre recommandée. Sur la table d'angle contre la vitrine, des croissants, un pot de café et deux tasses en grès rouge décorés de triskells, servis par le patron qui connaît les habitudes de la Douanière.

Elle parlait de sa maison des douaniers avec un tel enthousiasme que le nom lui est resté. Quelques fidèles du bar qui se sont essayés à un « Démat, la kammell ! Bonjour, la boiteuse ! » se sont vite fait rembarrer par le patron. À présent ils lui lancent un tonitruant « Salut, la Douanière ! » et, quand ils ont su qu'on venait de loin pour lui acheter ses moulinets, ils l'ont hissée au rang d'artiste du pays. Belle reconnaissance.

Deux fois par semaine elle fait des courses en ville, une halte au café et repart par le sentier de bord de mer, essoufflée par la demi-heure de marche jusqu'à la maison des vire-vent.

Dès son réveil, elle a téléphoné à son amie. Elle lui manquait. Toujours cette blessure de l'abandon qui suinte le doute.

Léa la rejoint. Le long de la jetée de Penthièvre, les eaux grises font danser les barques. Pouces et index en rectangle, elle s'amuse à cadrer la scène, tout sourire.

– Moteur ! Combien de photos ont fixé ce moment qui frise l'éternité !

– Le recommencement, tu veux dire, ce n'est pas la même chose, la marée, elle, reviendra demain. Mais je n'aime ni l'éternité qui déborde l'infini ni la répétition qui tire la vie vers l'arrière.

– Quel problème ça te pose ?

– Dans mon atelier je n'ai ni futur ni passé, la découpe des tôles, l'assemblage des couleurs jaillissent sous mes doigts, court-circuitent ma pensée. Seul l'instant présent guide mes gestes.

– Explique-toi mieux, insiste Léa.

Elles sont familières de ces échanges. Leurs doigts se faufilent entre les bols.

Elles se sont rencontrées à un vernissage des toiles de Léa à la Galerie. Des scènes marines à la Turner, des levers de soleil flamboyants sur des océans déchaînés, des lumières d'après le déluge, à l'opposé des gouaches bretonnes. Elle lui parla pigments, pâtes colorées, médium mais pas du choix de ses sujets.

– Ma peinture est relief, feux et transparence. Pour le reste c'est votre regard qui décide.

Le mot « transparence » avait été créé spécialement pour elle et Louna retrouvait ce qu'elle mettait en pratique depuis si longtemps, le sujet et la forme n'étaient que le support des couleurs. Troublée, elle l'invita à voir son jardin de tôle.

Le soir où Léa découvrit la maison des douaniers, le vent brassait l'enchevêtrement d'hélices. Pales et ailes bourdonnaient comme des insectes fantastiques aux serres de métal. La puissance éclatante des mobiles à géométrie variable, c'était l'embrasement des flots sous la foudre. Cet univers était celui de ses peintures. Elle tremblait.

Aux dernières lueurs du jour, alors que les chœurs russes clamaient l'immensité des steppes, elles s'aimèrent sur le vieux canapé de l'atelier.

Toujours leurs mains passerelles sur la table.

– C'est un leurre de vouloir figer le temps, répète Léa, penchée vers son amie. Le présent naît forcément de quelque chose qui existait déjà, non ?

Louna tente une échappée :

– Ce que je crée n'existait pas avant, personne, même

pas moi, ne savait ce qui allait sortir de mes doigts. Ça te va ?

– Tes doigts ont une mémoire, une mémoire secrète tapie dans les fibres de ta chair. Tes phalanges sont des marionnettes, d'autres que toi agitent les ficelles.

Double éclat de rire, leurs joutes verbales sont bien réglées et elles savent qu'il ne faut pas faire crédit aux mots. Ils ne sont pas fiables, on peut leur faire dire des vérités et leurs contraires. Elles sont artistes, familières de ces mystifications.

*

Dans le port, la marée haute a redressé les barques. L'eau est striée de filets d'algues brunes. La tempête de la veille sans doute. Au comptoir, trois clients parlent en sourdine.

L'homme qui pousse la porte bouscule la quiétude du café de la Mer : « Démat, la compagnie ! », d'une voix rauque, limée au blanc sec. Le patron lui donne du « Holà, Tôlier, t'es tôt ce matin ! ».

Un ballon de muscadet claque sur le comptoir. Les amies se redressent, prêtes à partir.

– Louna ! Attends un peu !

Un des rares à l'appeler par son prénom. Il s'approche, verre à la main, bonnet en laine, visage carré. Une carrure de docker. Elle le salue de son prénom de rocher, Pierrick.

Chaudronnier tôlier, c'est son boulot mais il se nomme à l'ancienne « artisan ferblantier ». Il sait découper la tôle, trouver le juste mélange d'acide chlorhydrique et de cuivre, galvaniser l'acier dans un bain de zinc fondu.

Quand Louna a poussé la porte de sa boutique à la recherche de chutes de métal, ils ont tout de suite sympathisé. Une alchimie entre l'homme rude et la femme solitaire, aussi mystérieuse que ses alliages. Il lui a donné des plaques d'acier et de tôle, l'a conseillée pour souder ailes et girouettes. Elle l'a largement payé avec du Tariquet, un peu trop doux à son goût.

Léa n'accroche pas avec l'homme, elle le trouve lourdaud.

À califourchon sur une chaise, il hèle le patron qui revient avec deux ballons et un pichet de muscadet. Direct, sans malice, il répond présent quand Louna a un problème de découpe au chalumeau ou qu'elle est à court d'ammoniaque pour décaper ses tôles.

Il jette un coup d'œil sur l'enveloppe.

– Recommandée ! T'as des problèmes avec le percepteur ?

Rire de soutier. Il lorgne l'adresse.

– T'as un nom double ? Et celui de Brudi… non, Bruky… non, comment tu prononces ?

Louna reste figée. Elle est la Douanière ou Louna, c'est tout.

Il ne lâche pas, ânonne :

– Brud-sky. C'est ça, ton mari c'est un Brudsky ? Un polak ?

Léa se lève, Louna la retient. Puis à Pierrick :

– Je ne suis pas sûre que ça te regarde.

Comme un gosse pris en faute, il s'excuse. Dans les yeux de Léa, des éclairs d'orage.

– Non, c'est le nom de ma mère, chuchote Louna, celui de mon père qui est accolé, Espérance, c'est pour l'état civil, je ne l'aime pas.

– Pourquoi, c'est joli Espérance !

– Le sujet est clos, tu veux bien ?

Rien n'arrête Pierrick, son doigt sur les timbres bleu et blanc :

– Tallinn, Eesti, c'est où ça ?

Les deux femmes se sont tournées vers le port. Entendent-elles ?

Il essuie la table d'un revers de manche, rajuste son bonnet.

– Passe à la boutique, j'ai des chutes de tôle, du deux millimètres, assez souples pour que tu les travailles facilement, assez rigides pour les tempêtes d'équinoxe. Tu les décapes à peine, juste un coup de chiffon à l'ammoniaque et tu y mets les couleurs de ton cœur. J'aime bien ton jardin, Louna, il te ressemble, il parle peu mais il crie aux quatre vents. Kenavo !

La porte claque. À travers la vitrine, un rayon de soleil place des reflets au bombé des verres.

Dans le faisceau des phares antibrouillard, des irisations de mazout sur la chaussée défoncée. Des grumiers surchargés le doublent en mugissant.

Stig s'arrête sur le bas-côté, yeux rougis par la conduite à travers un incroyable rideau de brume.

Tête calée sur le siège, il masse ses paupières, se souvient d'un soir de Noël dans la campagne de Stockholm où les chutes de neige obligeaient les voitures à s'arrêter, feux de détresse allumés.

– Je l'avais prévu, répétait son père, on n'aurait jamais dû partir avec une météo pareille mais tu as insisté.

Stig avait beau dire qu'on allait téléphoner aux amis et qu'il y avait assez de victuailles dans le coffre pour tenir jusqu'au Nouvel An, rien n'y faisait. La plainte paternelle était facile à décoder : « Même avec un emploi stable, tu as l'inconséquence des étudiants bohèmes, tu ne changeras jamais. »

Stig se redresse, allume la radio de la Dacia louée le matin même à la gare de Narva. Un rock suédois. Il connaît. Ce clin d'œil familier est réconfortant.

Une semaine à plonger dans les archives municipales, naissances, mariages, divorces, décès, transactions immobilières en déshérence. Aucune piste sérieuse qui puisse éclairer le dossier Luutos.

Il s'est rapproché des autorités de la ville et a compris que certaines portes lui resteraient fermées. Fouiller dans le passé des habitants de la région, c'était mettre au jour l'imbroglio des alliances mortifères qui avaient embrasé l'Estonie. Par son insistance à remonter le temps, il ravivait les blessures du passé. Chercher à savoir qui était qui voulait dire avec qui. Avec les Allemands, les Soviétiques ? Les Estoniens de Narva avaient-ils été héroïques, victimes, complices ? Chaque famille de la ville gardait dans les replis de son histoire secrète des bribes d'épopées ou d'infamies. Parfois des relents de honte. Le généalogiste intrusif n'était pas le bienvenu.

Un secrétaire de mairie le lui a bien fait comprendre :

– Quand on est invité dans une maison, on n'entre pas dans la chambre à coucher. Vous dites vous intéresser aux envahisseurs de l'Estonie mais vous n'avez pas l'objectivité d'un scientifique, vous êtes partie prenante de ceux que vous cherchez. Dans le cahier de doléances de notre nation sont inscrites les humiliations que les

Suédois nous ont infligées. Qu'elles vous semblent d'un autre temps ne change rien.

L'archiviste l'a invité à le suivre à deux pas des bastions, jusqu'à une stèle de granite surmontée d'un lion de bronze, patte gauche sur une boule gravée de trois couronnes aux armoiries de la Suède.

– Votre pays a tenu à commémorer la victoire des Suédois sur les Russes en 1700. Charles XII, qui n'avait que dix-huit ans, a remporté ici une victoire écrasante contre l'armée impériale de Pierre le Grand. L'Empire de Suède s'étendait des États du nord de l'Allemagne aux pays baltes et même jusqu'en Finlande. Narva était alors une ville suédoise. La Suède n'a pas toujours été neutre.

Le secrétaire clignait malicieusement des yeux. Il a poursuivi :

– Depuis les moines guerriers germaniques des années 1200, le drapeau estonien a été déchiqueté par les envahisseurs des pays voisins et la Suède était un de ceux-là.

Et il a ajouté cette phrase couperet :

– L'Histoire n'est pas un fil rouge tendu entre le passé et le présent mais un élastique. Si vous l'étirez vers une seule vérité, il vous revient à la figure.

Il n'en dit pas plus, mais Stig comprit que, descendant même très lointain d'un peuple envahisseur, il en portait la responsabilité. Les traumatismes d'aujourd'hui étaient les rebonds des traumas des générations précédentes.

Il ouvre la portière, fait quelques pas le long du fossé.

Puisque l'accès aux actes authentiques des familles de Narva lui était difficile, il s'est décidé à faire confiance à son instinct. Il s'est lancé dans l'aventure, a discuté dans les bars avec les serveurs, a éclusé des bières avec les chauffeurs de taxi.

Piotr en était un. Casquette Tulika Takso, le tutoiement facile, heureux de laisser tomber les vacanciers des plages pour un Suédois qui parlait russe, il lui a indiqué l'emplacement d'un mémorial allemand sur une immense pelouse au bord du fleuve, à quelques kilomètres de la gare.

– Un mémorial allemand ? a demandé Stig. Les Estoniens ont la mémoire courte !

L'autre est parti d'un rire franc.

– Après, si tu veux, je t'emmènerai voir l'autre versant de la mémoire d'État, la plaque commémorative russe près du pont frontière, à peine un rectangle de marbre gravé contre un mur, comme si on la cachait.

– Pourquoi vous riez si vous trouvez que l'on traite moins bien les Soviétiques que les nazis ? s'est encore étonné Stig.

– Raillerie, camarade ! Raillerie ! Ici, même si j'ai un boulot, une Volga GAZ-21 avec deux cent quatre-vingt mille kilomètres au compteur que tout le monde m'envie et un passeport gris qui me permet de rester en Estonie même si je n'ai pas fait allégeance à sa Constitution, je suis trop vieux pour faire bouger les choses. Mais je me désespère que les Estoniens oublient qu'à Narva, en 1944, les Soviétiques ont vaincu la Wehrmacht nazie. Cette bâtardise de la mémoire me déchire l'âme.

Les yeux toujours rieurs, il a tendu une flasque de vodka.

– Je connais la réponse que font les gars comme toi, mais oublions ça ! Na zdrowie ! À la santé de Jenny, la fille du Jaamabar, les plus beaux seins de Narva, qui te sert schnaps, vodka ou kvas du moment que tu as des euros ou des dollars !

– Na zdrowie, camarade ! Mais qu'est-ce que vous imaginez de ma réponse ?

– T'es un gars de l'Ouest et tu vas me sortir l'éternel couplet des quarante terribles années d'occupation russe.

– Pourquoi, ce n'est pas la réalité ?

– Quelle occupation ? Écoute ! L'emblème de la République socialiste soviétique d'Estonie portait la même devise d'État que celle de l'URSS : « Prolétaires de tous les pays, unissez-vous ! » Union, tu entends, pas occupation !

Stig n'a pu s'empêcher de répliquer :

– Les slogans ne sont que des raccourcis mensongers ! Souvenez-vous de la devise du IIIe Reich : « Arbeit macht frei ! » Le travail rend libre ! qui coiffait le portail d'entrée du camp d'extermination d'Auschwitz !

Il a regretté aussitôt ses paroles. À quoi bon raviver les braises du passé.

Après son échange tendu avec Piotr, rentrant à pied à l'hôtel la tête alourdie par la vodka du Jaamabar, il s'est demandé quel avait été le rôle de son propre pays pendant la dernière guerre.

La Suède, neutre, fut un refuge pour les persécutés des nazis et elle s'entendit secrètement avec les Alliés. Cependant les chemins de fer suédois acceptèrent de transporter les troupes du Reich vers la Norvège, et le gouvernement suédois vendit à bon compte du minerai de fer à l'Allemagne. Mais en temps de guerre, quelle nation peut se targuer de ne jamais avoir mis à mal la dignité de l'esprit humain ? Quel homme a assez de lucidité pour avancer en équilibre sur la crête de l'équité ? On ne peut pas être tenu pour coupable d'être né à telle ou telle époque.

*

Une timide lueur griffe le brouillard. Aux branches des pins tremblent des chapelets de gouttelettes. Quelques pas encore sur une mousse gorgée d'eau, une tourbe grasse aspire ses chaussures. Et, tout à coup, l'ébauche d'un chevreuil et de son faon flageolant sur ses pattes. Premier jour du monde aux mains des dieux de la Baltique, la terre et le ciel ne sont qu'un magma pâteux d'où émergent les animaux.

Stig retient son souffle. La brume dévoile et cache les silhouettes. Le faon se glisse sous sa mère. Lui revient aux lèvres l'expression « ventre de biche », couleur qu'aux Beaux-Arts on appelait aussi « brun Van Dyck », mélange d'oxyde de fer et de noir de fumée. Il a dû parler tout haut. Double éclair fauve. Tout s'efface. Il n'y a plus qu'une étendue vert sombre et la berge d'un étang plombé de vase.

Il reste un moment à scruter le silence.

Au milieu de cet éden évanescent, le doute l'envahit à nouveau. Faire demi-tour, changer de cap, se débarrasser de son accoutrement de généalogiste successoral, prendre le premier avion de la Scandinavian Airlines, demander à son ami peintre de lui faire une place dans son atelier.

Le meilleur des chiens de chasse ne peut remonter la piste d'un homme dont l'odeur s'est évaporée depuis tant d'années. La tâche est immense.

Toomas Luutos est né en 1918 alors que les frontières de l'Europe étaient prises de vertige. Le régime tsariste s'effondrait, l'Empire allemand sombrait, l'Estonie balbutiante cherchait son indépendance entre ces géants terrassés, et le traité de Tartu signait son acte de naissance. L'abandon du calendrier julien pour le calendrier grégorien rendait le décompte des jours et des années aléatoire.

Dès lors, quelle est la date de naissance de Luutos ? Vraiment le 10 janvier ? Et sa nationalité ? En 1918, les personnes d'origine non estonienne demeurant en Estonie avaient le droit d'opter pour la nationalité russe, de même que les personnes d'origine estonienne demeurant en Russie pouvaient opter pour la nationalité estonienne. Et s'il était toujours vivant en 1944, quel camp a-t-il choisi ? L'estonien, l'allemand, le russe ? Car survivre sous les bombes était une nécessité impérative et singulière, pas une question de morale.

Dans son dos, un rire de troll : « Qu'est-ce que tu fous dans cette forêt cernée par l'haleine des marécages, à tricoter morale et nécessité ? Prends des risques, reprends ta route. L'incertitude est une bonne compagne. »

Dans le ciel, une trouée bleue. Stig repart. Bientôt midi.

Devant lui, le ruban bistre de la route du comté de Viru, rectiligne jusqu'à l'infini.

Dans sa poche, sous ses doigts, la larme d'ambre d'une sirène.

Permisküla, le nom du village vers lequel il se dirige, a été lâché par Piotr.

Ils en étaient à leur troisième vodka russe dont il affirmait qu'elle venait d'une contrebande rocambolesque où les passeurs utilisaient des pipelines en plastique qui reliaient Ivangorod à Narva à travers le fleuve.

Embrumé par un surplus d'éthanol qui donnait à l'alcool un goût citronné, il a baissé la voix :

– D'habitude, le tour classique de Narva c'est château, cathédrale, musée. Pourquoi tu t'intéresses au mémorial allemand ?

Stig a fait une réponse évasive : les cimetières avaient une âme, il lui arrivait de déambuler dans celui de Stockholm où il allait saluer Greta Garbo, la Divine.

Piotr ne s'est pas contenté de cette esquive.

– Je ne veux pas savoir qui tu cherches ni pourquoi, mais si tu veux en apprendre plus sur les disparus de la dernière guerre à Narva, va à Permisküla, un village à une heure de voiture vers le lac Peipsi. Prends la route qu'empruntent les camions de grumes le long du fleuve, tu comprendras mieux le pays. Il y a là-bas un ancien des taxis Tulika, un gars en retraite de la compagnie. Son fils, qui a fait des études, est en lien avec le Volksbund Deutsche Kriegsgrüberfürsorge, le Service pour l'entretien des sépultures militaires allemandes, sa banque de données pourrait t'intéresser.

Trop dit ? Pas assez ? Il a poussé son corps fatigué jusqu'au comptoir où officiait sa plantureuse égérie, a regardé lourdement Stig, lâché le nom de son ami ex-chauffeur de taxi, Eenmaa, et sans autre formalité a quitté le Jaamabar.

Titubant dans la pénombre de la rue, il s'est retourné sans que l'on puisse distinguer s'il levait le poing fermé ou saluait Stig le bras tendu.

*

En bord de route, un arrêt de bus : Permisküla Puhkeküla, village de vacances, des maisons basses avec jardinets, dispersées dans les bois.

Au hasard d'un chemin de terre, Stig débouche dans une vaste clairière ouverte sur le fleuve. Dix cabanes en bois sombre, pentes du toit arrimées au sol, ceinturent un hangar en dur avec étage. Au-dessus de la porte d'entrée, un panneau sculpté, illisible.

Deux hommes et une femme aux cheveux roux qui s'affairent autour d'un barbecue scrutent l'étranger qui descend d'une Dacia, habillé comme à la ville. On pourrait être au bord du lac Siljan en Suède ou dans les Rocheuses au Canada.

– Le camping et l'auberge ouvriront à la saison touristique, dit la femme en pull marine. C'est trop tôt pour réserver mais si tu veux partager saucisses et bières, c'est faisable.

Les hommes, regards bas, carrures de bûcheron, construisent un appontement au bord de la petite branche de la Narva. Le fleuve se sépare en deux sur quelques kilomètres et la frontière avec la Russie passe au milieu de l'autre branche.

Celui qui se nomme Anton explique que la petite île estonienne du delta baptisée Vabadus, Liberté, attire les campeurs qui viennent pêcher des brèmes échappées du lac ou des harengs d'eau douce faciles à accrocher. Il lisse sa barbe aussi noire que ses sourcils et ajoute :

– Je n'en mange jamais, même fumés : les usines soviétiques déversent leurs saloperies dans les eaux du fleuve. Ils n'ont toujours pas digéré notre indépendance, alors ils essaient de nous empoisonner !

L'autre bûcheron – son frère – éclate de rire en tendant une saucisse à Stig.

– Pas de crainte, nos porcs sont engraissés avec du maïs de l'Ouest !

Cette plaisanterie les fait rire longtemps, mêmes

secousses de la tête, mêmes lèvres entrouvertes sur une dentition carnassière.

D'autres blagues suivent :

– La différence entre un alcoolique estonien et un alcoolique russe ? Le premier ne cherchera pas d'excuse, l'autre aura toujours une bonne justification pour boire : c'est à cause de la société qui le discrimine !

À plusieurs reprises ils parlent en russe. Stig n'écoute que d'une oreille. Éviter les pièges.

Il prend les devants. Il dit avoir un message pour un habitant du village, un ancien gars de Tulika Takso, plus très jeune, un certain Eenmaa.

Les hommes ne bronchent pas. La femme s'active aux braises.

– Vous savez où je peux le trouver ?

Le frère d'Anton en est resté aux histoires drôles. Celle-ci est russe :

– Tu connais la différence entre un Estonien et une patate ?

Stig sourit poliment.

– La patate, elle, est cultivée !

Leur rire doit franchir les deux bras de la Narva et trouver écho à l'Est. La femme s'en mêle :

– Les Eenmaa, leur maison est à l'angle des routes 182 et 158. Une barrière envahie de rosiers grillés par le gel.

– Il a un fils, non ?

Pas de réponse. Anton essuie son couteau sur la cuisse de son pantalon, le replie.

– T'es pas le premier à chercher le fils. Il en vient de tous les coins. À toi de voir. Les blagues, c'était pour te montrer qu'avec mon frère et ma sœur on peut se foutre de la gueule de tout le monde, eux, nous. On ne mord pas la main qui nous nourrit. Quand on loue nos cabanes, on ne demande pas si le passeport est rouge de l'Est, bleu de l'Estonie ou gris des apatrides. Mais du fils, on veut pas trop savoir.

L'autre prend le relais :

– À toi de voir où tu mets les pieds. Tu peux venir dormir ici ce soir, y a pas plus calme. On ne sera pas là mais Kadi, qui aime la compagnie, te fera un repas de poisson. Pas des harengs du lac, des sprats de Tallinn, œufs durs et sauce à la coriandre.

Stig remercie et ajoute, sans transition :

– Tu connais la différence entre un moustique et un Suédois ?

– Vas-y !

– En Estonie, le moustique sévit pendant l'été, le Suédois, lui, c'est toute l'année !

Une main large comme une queue de castor s'abat sur son épaule.

– T'es un bon gars ! Si tu ris de toi, tu t'en sortiras. Mais si en Estonie tu essaies de démêler le vrai du faux, tu risques fort de t'y perdre. Auf wiedersehen !

Stig reste muet. Anton vient de le saluer en allemand.

Sait-il que c'est justement pour en savoir plus sur les sépultures des soldats du IIIe Reich qu'il est à Permisküla et que son travail est d'élaguer les arbres généalogiques où s'entremêlent le vrai et le faux ?

La femme était en dessous de la vérité : sous le fouillis de lianes qui enserrent la barrière, les buissons de roses ne sont qu'un lointain souvenir. Un portail bas, deux abris de jardin où battent des tôles, une serre à la bâche déchirée. En façade de la villa, un double escalier menant à un balcon où achèvent de rouiller de lourdes chaises en fer.

Aucun bruit. Le long d'une haie grillagée, des ferrailles d'où émergent des mousquetons à baïonnette, des fusils-mitrailleurs à chargeur tambour. Sous un auvent de toile, des casques siglés de l'aigle nazi et des habits militaires en vrac endossent saison après saison une dernière défaite. Au bout du jardin, un side-car d'époque avec sur le flanc vert-de-gris du panier l'inscription « 20 Waffen-Grenadier Division SS », et un écusson noir, un *E* barré d'un glaive.

Une voix rauque, hachée, l'interpelle en estonien par une fenêtre à l'étage :

– Un Zündapp KS tout-terrain retiré de la vase du

fleuve. Trois mille euros en l'état. Avec un bicylindre de sept cent cinquante centimètres cubes BMW, elle repart pour le front !

L'homme qui reste dans l'ombre a parlé par saccades comme si l'air lui manquait. Sans autre formule d'accueil, il poursuit :

– La semaine dernière un gars de Tallinn qui tient boutique au marché Depoo m'a enlevé une hélice de Messerschmitt et le tube du canon d'un char Tiger, tirés de la boue d'un chantier par un débardeur. Il me reste ce side-car de la Wehrmacht. Le prix est négociable.

– Je ne suis pas acheteur, vous êtes monsieur Eenmaa ?

La fenêtre claque. Longue attente.

– Qui t'envoie ?

La voix essoufflée vient de l'auvent de la porte d'entrée. L'homme en tablier de forgeron, cheveux gris aux épaules, larges lunettes noires sur un visage mal rasé, n'a rien d'avenant.

Stig se déplace vers plus de clarté pour qu'on l'identifie. Avec son pantalon étroit et ses chaussures pointues, il a l'allure d'un conseiller politique dans une série télé, pas d'un brocanteur.

– C'est Piotr qui m'a donné votre adresse, il faisait taxi avec vous à Narva.

La voix s'allège :

– Comment tu le connais ?

– Il m'a fait découvrir la ville au volant de sa Volga GAZ-21.

Nom magique. L'homme s'avance, main tendue.

– On a passé des jours entiers à la réparer sa bon Dieu de Volga noire. Une légende ! On en avait offert une à Gagarine pour son exploit. Poutine, à l'affût de symboles de la Russie éternelle, la prend pour rejoindre sa datcha de la mer Noire ! Appelle-moi Marko. Et toi ?

Sans savoir vraiment pourquoi, Stig s'entend répondre :

– Naumann.

– Tu as l'accent suédois, non ?

Un mensonge en entraîne un autre :

– Mon père était allemand.

Plus tard, il se rappellera ce bref échange comme un tournant fondateur de sa quête : dire autre chose que le vrai n'est pas mentir ; romancer le réel, c'est faire un pas vers la complexité de la vérité.

Pour éclaircir le mystère Toomas Luutos, il faut qu'il accepte les ambiguïtés, les clairs-obscurs. Qu'il admette qu'au gré des crues du printemps le delta du fleuve change de nationalité. Que ceux qu'il côtoie endossent sans préavis la toison de l'agneau ou la fourrure du loup.

Après un long silence, Marko reprend :

– Si t'es pas acheteur, t'es peut-être un descendant d'un soldat tombé sur les rives de la Narva. Vu ton âge, c'est la mémoire de ton grand-père qui t'amène à Permisküla ?

Stig hoche la tête. L'autre perçoit sa retenue.

– Tu as raison, ce n'est pas mon problème. Viens sur le balcon, on y respire mieux. Au milieu de tant de marécages et de lacs, mes poumons sont gorgés d'eau.

Côte à côte sur les chaises en fer, ils surplombent les pins comme on contemple l'horizon face à la mer.

Il parle sans regarder Stig, ses mots s'agencent en phrases courtes :

– Souvent, des Allemands viennent me voir. Éplorés, repentis, nostalgiques, parfois revanchards. Ils ont appris d'une façon ou d'une autre que je décode les inscriptions mortuaires de leurs cimetières militaires. Mon fils sait tout ça mieux que moi. Aujourd'hui, il reste enfermé dans sa chambre. Le même disque dans les oreilles, dix fois, cent fois. Une comptine pour enfants : « Sepapoisid, Sepapoisid ».

– Je connais. Un canon où les voix se chevauchent. En Suède on dit : « Broder Jakob, Broder Jakob ». Mon père me la chantait en allemand : « Brader Jakob, Brader Jakob ».

Marko rebondit sur sa phrase, regard toujours vers le lointain :

– De Broder à Brader… d'un simple glissement des *o* vers les *a*, tu passes de Suède en Allemagne. Deux petites voyelles suffisent à bousculer les frontières ! Plus efficace que mille soldats ! La langue, valeur identitaire, irréductible gardienne de la nation ! Tu penses, quel orgueil, rien de plus illusoire que les mots !

Le jour décline. Les merles saluent la fraîcheur du soir.

– C'est facile d'acquérir des armes et des habits du IIIe Reich, la Wehrmacht en déroute les ont abandonnés sur place, mais je vendrais aussi bien une chenillette de char soviétique ou une aile de Polikarpov si on me les apportait. Seulement il n'y en a pas. Pendant les quarante-cinq ans d'occupation de l'Estonie, les Russes ont ratissé les terrains de combat, ramené chez eux le moindre morceau de ferraille qui pouvait rappeler leurs pertes pendant la bataille de Narva. Qu'on se le dise, les vaillants Soviétiques ont battu les fascistes à mains nues ! Je m'en fous, je suis revendeur, pas ancien combattant, si tu m'apportes des débris de fusée de la guerre des étoiles, je suis preneur !

Une forte toux le plie sur sa chaise. Tête appuyée contre la rambarde, il reprend son souffle. Au bout d'un long moment il se déplie, desserre son tablier, ôte ses lunettes. Sans un mot, il gagne le rez-de-chaussée, marche après marche, main serrée sur la rampe.

Les derniers rayons du soleil frisent à l'infini l'ondoiement des pins. La lumière pâle se charge de senteurs de résine et de terre humide. Vigile d'une villa hantée par le passé, Stig, généalogiste cartésien, veille sur les reliques d'une armée nazie en déroute.

En bas, des voix feutrées et des notes enfantines : « Sepapoisid, Sepapoisid… »

*

À gestes retenus, Marko entrouvre la porte de la chambre, prononce simplement : « Hé, poiss ! Hé, garçon ! », va éteindre sans bruit le lecteur de CD, reste debout derrière le fauteuil, attend.

Dans le reflet de la fenêtre, le visage d'un jeune homme pâle, flottant dans un sweat à capuche gris acier.

À la naissance de son fils Jaan, l'Estonie venait de retrouver sa deuxième indépendance et les touristes européens découvraient l'histoire tourmentée des villes baltes.

Trop content d'échanger son taxi collectif contre une Volkswagen siglée des carrés noirs et jaunes des taxis Tulika, Marko se tailla une place de choix dans les comtés est.

Il connaissait l'histoire de son pays sur le bout des doigts, racontait aux Occidentaux la terrible nuit du 13 juin 1941 où dix mille Estoniens avaient été déportés par les Soviétiques et ces jours de mars 1949 où une nouvelle vague de déportation avait envoyé vingt mille civils, enfants compris, en Sibérie. Émus aux larmes, maudissant les sbires staliniens, les touristes de l'Ouest lui laissaient de généreux pourboires.

Quand à leur tour les novaritchs affluèrent de Russie vers le complexe hôtelier de Narva-Jõesuu pour dépenser leur fortune de nouveaux riches, il changea de version, retraça la sinistre occupation nazie de 1941 à 1944 où huit mille Estoniens avaient été assassinés dans les camps dont un millier de membres de la communauté juive. En jurant contre ces « chiens de fascistes », les novaritchs ouvraient leurs portefeuilles et arrosaient copieusement ce chauffeur de taxi qui, à deux pas de la Russie, n'avait pas su profiter comme eux de la privatisation massive de l'économie soviétique.

L'argent n'ayant pas d'odeur, ce roi de la palinodie se constitua une jolie cagnotte en couronnes estoniennes, euros, roubles, dollars et se prit au jeu des combines interlopes qui fleurissaient dans la ville frontière et rapportaient gros.

Son fils avait de sérieux problèmes de comportement en classe mais ses professeurs le disaient très doué. Il fut admis en deuxième année de linguistique informatique à Tartu.

Par moments, Jaan se coupait du monde, offrait le mur de son dos à toute intrusion, se taisait ou, si on insistait, parlait d'une voix monocorde. Il accumulait sur sa table de menus objets, boîtes d'allumettes, pierres en forme de cœur, capuchons de stylos, énigmes dont lui seul avait la clef. Il sifflotait entre ses dents jusqu'à l'obsession les chansonnettes répétitives que l'on chante aux enfants. Puis, sans signe précurseur, ouvrait la porte de sa chambre, reprenait pied et renouait avec les autres.

À l'université on acceptait ses brusques sautes d'humeur, sachant que par ailleurs il avait cette capacité incroyable de résoudre de tête des algorithmes et de mémoriser en un instant un vaste corpus de données langagières.

Lorsque Marko décida de quitter Narva, sa femme, excédée par ses trafics foireux, étant partie, Jaan, qui traversait une mauvaise passe, abandonna l'université et le rejoignit à Permisküla.

Un jour de balade où ils passaient devant le mémorial allemand, Jaan, subjugué par l'alignement au cordeau des croix blanches qui quadrillaient la pelouse jusqu'au fleuve, arpenta les allées, opinant de la tête devant chaque croix, corps tendu comme quand il déchiffrait des algorithmes.

De retour à Permisküla, il s'enferma avec son ordinateur et, sans autres notes que celles imprimées dans sa mémoire, établit une liste de trois cents noms. Il l'apporta à son père, disant qu'il serait intéressant d'en savoir plus sur chacun des disparus dont les noms gravés sur les stèles les tiraient à peine de l'anonymat. Il avait dans les yeux cette étincelle de vie que Marko guettait comme on espère les primevères au printemps. Il lui indiqua un site allemand qui s'occupait de l'entretien des sépultures militaires allemandes, le Volksbund

Deutsche Kriegsgräberfürsorge, dont la base de données contenait les noms de plus d'un million de soldats tués ou disparus pendant les deux guerres mondiales.

– Tu connais les lieux, viens nous rejoindre !

La voix de Marko monte du rez-de-chaussée, enrubannée d'une surprenante musique claire comme un arpège de grêle sur une véranda.

Stig, qui ne se sent pas à son aise dans cette maison, descend les marches sur la pointe des pieds, marque le pas au milieu du salon éclairé sur la droite par la lumière d'une pièce d'où vient cette fugue au clavecin. Il ne peut s'y tromper, cet agencement d'échos harmoniques où les voix courent vers les voix est de Bach. Dans les cours de musique qu'il se payait à Stockholm pour échapper à l'emprise paternelle, il chérissait les sonorités répétitives du compositeur allemand.

Au centre de la chambre de Jaan, une immense table en verre poli sur des tréteaux en métal noir, un ordinateur et un alignement de carnets et fiches cartonnées. Touche discordante dans cette ordonnance maîtrisée, une coupe de dragées multicolores.

Stig bafouille, déclare qu'il s'est mal exprimé. Il s'agit avant tout de savoir si on peut retrouver la trace d'un ami de la famille.

– Un certain Toomas Luutos, précise-t-il, né en 1918, sans doute le 10 janvier.

– Ce n'est pas un nom allemand mais, après tout, miks mitte.

Toutes les vicissitudes de l'Estonie dans ce « pourquoi pas ».

Jaan poursuit sur le même ton, puisant par instants de ses doigts fins de pianiste dans la coupe de dragées :

– Des milliers de citoyens ont été concernés en 1930 par le programme d'estonisation des noms de famille. Votre Luutos en était-il ? Miks mitte. L'Estonie est bâtie sur une plaque tectonique, toutes les décennies son passé vacille.

Un temps d'arrêt. Les yeux au-delà des murs, il parle sans presque bouger les lèvres :

– Le désarroi de ceux qui errent à la recherche des traces d'un proche me touche. Mes facilités mémorielles peuvent les aider. Je me suis rapproché du Volksbund Deutsche Kriegsgräberfürsorge.

– Des Allemands avant tout.

– Qu'importe : honorer la mémoire des victimes de guerre, c'est préserver la paix entre les peuples.

Oracle de Permisküla, il n'en dira pas plus.

Qu'est-ce que je gagne à m'immiscer dans ce duo aux mémoires plombées ? se demande Stig.

Et, comme pour le déstabiliser davantage, Marko, resté dans la pénombre de la chambre, s'avance et laisse tomber :

– Es-tu certain d'être bien en ce moment chez cet

Eenmaa dont t'a parlé Piotr ? Avant 1930, ma famille s'appelait Einmann. Tout ce qu'il y a de plus allemand. Ein mann, c'est-à-dire un homme. Comme on dit « une pierre », « un animal ». On pourrait traduire Einmann par « n'importe qui », voilà qui je suis.

A-t-il deviné que Stig ne faisait pas autre chose que de se pencher sur les arborescences des « n'importe qui », des indéterminés ?

Dernières notes du clavecin.

– J'ai bien noté, reprend Jaan dans un souffle, Toomas Luutos. Je vous informerai, laissez-moi votre adresse mail. Effacez mon message dès que vous l'aurez reçu.

Sans transition, il se replie sur son tabouret tournant.

– J'ai vu que vous appréciiez cette fugue. Deuxième mouvement de la *Suite pour clavecin-luth en do mineur BWV 977* de Bach.

Corps tassé sur son siège, tête enfouie dans sa capuche, mains sur le clavier, fantôme de Glenn Gould, il parle à son écran. Un récitatif de mantra :

– Les parties extrêmes quarante-huit mesures plus quarante-huit mesures donc quatre-vingt-seize, divisées par la partie centrale de soixante mesures, donnent le nombre d'or.

Jaan s'est évadé dans l'univers inabordable du langage codé.

Le disque repart à zéro, structure architecturale de la fugue aux sonorités métalliques.

Marko a disparu. Stig s'éclipse, cueille en passant une poignée de dragées.

Devant la barrière au fouillis de lianes sa voiture l'attend.

Depuis sa rencontre avec le side-car de la Wehrmacht, il est sous tension.

Il ne rentrera pas à Narva ce soir.

Il secoue les phalanges engourdies de sa main gauche. Le buste en léger retrait de l'arête de granite, il tient l'équilibre sur la pointe de sa chaussure droite.

L'air des cimes est vif, bleuté. En bas, dans la vallée, le soleil épluche la nuit, lambeaux de peau jaunie des terrasses à pâturage, vert tendre des prés de fauche et doré des parcelles d'avoine grandes comme des mouchoirs de poche. Le jour reprend vie, l'église de La Grave sonne l'angélus. De combes en éboulis, le son monte, s'émousse. La montagne s'éveille, respire par saccades.

Arrimé à la paroi par sa main droite, Lukas capte l'écho des cloches. Doigts redevenus souples, d'un lancé tendu, main gauche presque ouverte, il saisit un infime rebord alors que ses pieds trouvent l'appui en carre externe sur un repli de roche. Il se hisse jusqu'à la ceinture sur une dalle en retrait et, d'un rétablissement, s'y maintient, assis jambes en tailleur, dos tendu dans son tee-shirt rouge comme s'il continuait sa course à la verticale.

Son itinéraire est d'une difficulté moyenne. Il y a vingt-cinq ans, pour son diplôme de moniteur, il a atteint le meilleur niveau de sa promotion, une voie 7c avec des prises improbables dans le massif des Écrins. Avec l'âge, ses gestes sont moins fluides.

Dans le lointain, blotti à l'adret de la vallée, son village de Ventelon, minuscule, surplombe les eaux glacières de la Romanche. Face à lui, la Meije, citadelle de glace et de granite, où sa vie s'est fracassée sur la face sud. À nouveau, ses pensées le portent vers l'absent essentiel, à jamais foudroyé. « A ghosteen dances in my hand / Slowly twirling, twirling all around / Here we go… »

Il fixe ses mains blanchies de magnésie, cordelettes de tendons, cicatrices d'abrasion, et cet étonnant écartement entre les extrémités du pouce et du petit doigt, empan qui lui offre une prise d'enfer. Ceux qui, comme lui, faisaient métier de la grimpe et se retrouvaient au bar des Guides de La Grave louaient cette exceptionnelle pince de muscles. C'était avant.

Il fredonne à nouveau : « A ghosteen dances in my hand, un enfant fantôme danse dans ma main », sa respiration s'apaise.

Il ferme les paupières, se rappelle son arrivée dans les Hautes-Alpes.

Il avait pleuré devant sa mère et sa sœur Louna qui, du perron de la maison, lui envoyaient des baisers sans fin, mais il découvrait qu'à moins de six heures de voiture de sa ville de naissance se dressait le grand nord de ses rêves. L'assistante médicale qui l'accompagnait n'en revenait pas de voir ce garçon des villes, toussoteux, s'extasier des congères qui bordaient les lacets de la route. Avec l'excitation de ses onze ans il lui a raconté Croc-Blanc, mi-chien mi-loup, capable d'affronter les pires dangers. À l'image de son héros à fourrure gris clair, il braverait les blizzards et ses futurs copains du centre scolaire médical n'auraient qu'à bien se tenir.

Les toits de Briançon croulaient sous la neige. La glace bloquait lavoirs et fontaines. Les ruelles pavées de la ville haute étaient des pistes de luge. Secret mais volontaire, il s'est engagé dans des disciplines alpines et, malgré son asthme, a décroché le trophée des benjamins puis celui des minimes à l'Open de bloc de Briançon.

Quarante ans après, pense-t-il, je suis toujours, le souffle court, à m'accrocher aux murailles des Alpes du Sud.

Son sang palpite dans sa main droite, marionnette sans contrôle. Ses doigts comme des fers rouges plongés dans la glace. Il les fixe avec une intensité shamanique mais ils se dérobent, membres fantômes, douleur ineffable, impossible oubli. La pince d'acier de ses doigts l'a trahi au moment vital où il se croyait être le dieu des cimes, le père éternel. On ne guérit pas d'une amputation.

« I am beside you, you are beside me, murmure-t-il, je suis à tes côtés, tu es à mes côtés. »

Un passereau des cimes sautille de fissure en fissure, déploie ses ailes rouge grenat. L'échelette des hauteurs avance par saccades, s'élève de quelques coups d'ailes incandescentes, plonge son bec dans un trou de roche, tourne la tête, le fixe du coin de l'œil, repart sur la paroi verticale, lance un sifflement clair, l'attend. Le défi est lancé.

Lukas se déplie, corps enlacé à l'anfractuosité. Avec son débardeur rouge, il va toréer le vide, défier la falaise, affronter le grimpereau des parois qui volette sur place juste au-dessus d'un léger surplomb et l'incite à le rejoindre. Il se risque dans un impossible jeté du bras gauche et se hisse au niveau de l'échelette au vol papillon. Face-à-face silencieux.

Dans la perle noire de l'œil de l'oiseau flotte le flou pastel du visage tant aimé de celui qui plane dans l'inaccessible monde des lumières.

Le passereau de feu le nargue : « Plus haut, toujours plus haut, chante-t-il, rejoins l'enfant, viens te perdre. »

D'appui en appui, Lukas progresse, s'en approche, contourne les bombés qui le repoussent vers l'arrière, absorbe les surplombs. À ce niveau de tension il ferme les yeux, grimpe en aveugle. Un espace infiniment blanc s'ouvre devant lui, infiniment calme. Son seul contact avec le monde des vivants est le bout de ses doigts. Son âme s'apaise.

Cette fois, il va l'atteindre, ce cristal de roche de légende, celui pour lequel avec son fils ils ont pris tous les risques. Et tout perdu.

*

Très loin en contrebas, au bar des Guides, devant la télé, on fête la relaxe de deux cristalliers accusés de « dégradation d'un domaine public ». Le tribunal n'a pu établir avec certitude s'ils étaient sur une aire de protection au moment des faits reprochés. Un verdict d'acquittement applaudi par les professionnels de la montagne qui manifestent, banderoles déployées, devant le palais de justice de Gap.

Dans la vallée, un bras d'honneur aux autorités est toujours un moment d'allégresse.

Emilio, le patron, offre sa tournée de blanc. La plupart des clients sont guides de haute montagne, cristalliers à leurs heures libres. Quand le forceps de leur burin extrait les pointes de quartz de leur berceau de granite, ils entendent les soupirs d'extase de la montagne.

La seule loi qu'ils reconnaissent, c'est leur code d'honneur. Ils se fichent pas mal des limites cadastrales. Quand l'un d'eux marque sa découverte en laissant dans le four son burin et son marteau avec ses initiales, aucun autre cristallier n'ira lui en disputer la paternité.

Assis sur le rebord extérieur de la fenêtre, un gaillard à casquette balaie le paysage avec des jumelles à la recherche de chamois. On a signalé des mues printanières vers l'arête des Enfetchores.

Il suit le torrent, remonte à travers les vires et là, dans l'optique des jumelles, une chèvre et un bouc pâturent dans l'herbe d'altitude. Il ajuste sa vue, longe une coulée d'éboulis, s'exclame :

– Pas possible !

Sur l'autre face du couloir d'avalanche, accroché à un surplomb si étroit qu'un cabri ne s'y aventurerait pas, un homme est en train de grimper. Dans moins d'une heure le soleil réchauffera les pierres soudées par le gel de la nuit et la moindre prise comportera des risques.

Il donne à nouveau de la voix, montre l'endroit où il a aperçu la silhouette. Les jumelles passent de mains en mains, chacun y va de son explication. Du fond du bar, la voix cassée du vieux Pascal calme le chahut :

– Hé, petit, tu peux voir comment il est habillé ?

– Et pourquoi pas la marque de ses godasses tant que tu y es ?

Rire général. L'autre insiste, précise :

– Je te parie que ce fada, il a une chemise rouge. Et même que de ce rouge je n'en ai jamais vu d'autre, un rouge de la désespérance.

Le vieux a parfois des tournures de phrase qui font mouche.

Quand cet automne on a mis en terre son ami Crespin, grimpeur qui avait ouvert des centaines de voies en Oisans et venait de dévisser d'une falaise sur le bord du Drac, il lui a rendu un hommage d'une grande tendresse, et ses amis, gens de la montagne avares de mots et d'effusions, bouleversés, ont marqué sur le granite de sa tombe le poème lu, qu'ils connaissent tous à présent : « La vallée fait silence / l'attente s'épuise / tu erres seul / magnifique / laissant à ceux d'en bas / l'espérance des hommes libres. »

– Bon Dieu t'as raison, comment tu sais ?

La réponse vient d'un gars de Vallouise, trapu, les bras comme des cordages, un marin des sommets :

– Parce qu'il n'y a que Lukas pour se frotter à cette voie.

Tous connaissent le guide de Ventelon. Son histoire se tait et reste dans l'ombre des drames de la vallée. À la mort de son jeune fils Léo, alors qu'ils grimpaient en duo, il a arrêté ses courses professionnelles pour courir en solitaire les fours cristalliers. Dans ce pays de pierre et de glace, si un alpiniste dévisse, les autres respectent ses faux pas. Peut-être demain l'un d'entre eux empruntera le mauvais couloir à la mauvaise heure ou une plaque à vent l'emportera.

L'homme qu'ils suivent à la jumelle, accroché comme

un oiseau des roches à la saignée abrupte de l'Abéous, s'est lancé ce matin un défi de plus, comme si le massif de la Meije était resté le terrain de jeux de son fils et que Léo, champion de cache-cache, allait surgir dans un rire de cristal au détour d'un dévers.

*

La remontée de la cheminée a été physique, prise des mains sur des écailles de rocher, poussée du dos, pieds en opposition. Même ses genoux ont souffert. À son flanc droit, l'amorce d'une fissure gardienne d'un agrégat de cristal de quartz qu'il n'a pu extraire. À sa ceinture, un court bâton prolongé d'un crochet de fer.

Son souffle est court, l'asthme toujours. Il s'allonge flanc contre la roche, gratte à l'aveuglette. Minutie de démineur. La pièce convoitée est collée aux parois de la cavité. Il tire lentement, tourne, insiste. Les arêtes de cristal tranchent sa chair qui saigne. Un coup sec et le four accouche d'un incroyable ensemble de polyèdres de cristal entouré de son placenta de boue sèche. Tiré du sommeil des siècles, il reprend vie entre ses doigts. De ses douze facettes, chaque pointe en grappe diffuse une lumière du fond des âges. L'éternité n'est pas un voyage sans retour.

C'est le cristal de légende dont rêvait Léo.

Sur ses mains d'homme, des estafilades rouges.

Suivre son père c'était, pour l'enfant, traverser une fête foraine avec la certitude, entre fascination du vide et attrait de l'infini, de frissons autrement plus exaltants que ceux promis par le grand huit du Luna Park de Briançon.

Léo pouvait franchir les trois mille sans le moindre essoufflement. Aller à la découverte d'un four à cristaux, mettre ses doigts dans les prises de son père, c'était jouer des grandes orgues à quatre mains dans des cathédrales de granite.

Sa mère laissait faire, son fils ne pouvait avoir meilleur guide que son père.

Jusqu'au jour où les doigts de l'enfant ont glissé de la main de l'homme, à moins que les doigts de l'homme n'aient laissé échapper la main de l'enfant. Nuit après nuit, cette énonciation à double entrée tient Lukas en éveil douloureux jusqu'au matin.

Alors il enfile ses chaussons, accroche son sac de magnésie à la ceinture et part vers des voies inviolées où l'échelette des hauteurs le conduira vers Léo.

« A ghosteen dances in my hand… »

Ceux qui dans le bar font silence pour ne pas réveiller les fantômes ont vu Lukas s'enfermer dans sa tristesse, repousser leurs appels du pied, se murer dans sa solitude.

Les années ont passé. Sa femme a essayé de casser l'engrenage du doute qui le tenaillait, a voulu le faire parler, l'a accompagné sur le site maudit, en vain. Épuisée, elle est retournée à Grenoble vers sa famille où une maladie l'a emportée peu après, et l'homme rouge désespérance a continué à braver, mains nues, le Moloch dévoreur d'enfant.

Le soir, il regagne son chalet de Ventelon, le dernier dans la pente, face à la Meije.

Sur le chemin du retour, il repère de loin un groupe de randonneurs au pied de sa maison.

Avec sa balustrade sculptée qui court le long du balcon en mélèze, sa façade en planches dorées sur un rez-de-chaussée en pierres sombres et la double pente accentuée de sa toiture, son chalet de l'Oisans sera en bonne place dans les albums souvenirs.

Il patiente quelques instants en contrebas sur le bassin en bois d'une fontaine en rond, laisse aller ses mains dans l'eau glacée.

Face à la fenêtre, il s'allonge sur le canapé, bras alignés le long du corps. Le soleil déclinant adoucit le relief sud des sommets.

Un jour d'automne, avec son fils, dans un décroché de falaise, ils ont attrapé un jeune chocard au bec jaune, désailé, l'ont soigné, installé dans une caissette sur le balcon sans chercher à l'apprivoiser. Un matin où virevoltaient les premiers flocons, il a pris son envol, tournoyé trois fois dans le ciel bas, offrant le cadeau de son plumage noir lustré de vert bleuâtre.

Au cours d'une escapade hivernale, Léo certifia avoir repéré dans les airs le chocard aux ailes rayées de blanc. Il en était certain, c'était le leur. L'enfant voyait ce que d'autres ne voyaient pas.

Dans la pièce sombre, calme et silence. Ses pensées s'échappent.

Il y avait deux enveloppes dans sa boîte aux lettres. Le courrier est si rare. L'une, épaisse en papier kraft, vient de l'étranger. L'autre est de sa sœur Louna. Leurs relations sont quasi inexistantes. L'éloignement sans doute. Depuis si longtemps.

Quand leur père a pris le large sans un mot, ils n'ont pas réagi de la même manière.

Il avait cinq ans et, dans ses premiers livres d'images, tout était possible. Les pères s'envolaient sur des aéroplanes en balsa, travaillaient dans des pays fabuleux et continuaient à aimer leurs enfants. Un jour, le sien reviendrait avec une peau d'ours sur les épaules et des diamants bleus dans les poches. Il suffisait d'attendre son retour.

Sa sœur, sept ans, ne voulait rien savoir de ces sottises. Elle récupérait les boîtes qui traînaient à la maison pour en faire des coffrets à bijoux et les offrir à leur mère. Elle n'acceptait pas que leur père, même très occupé, ne vienne pas la consoler. Pour elle, l'attente était douloureuse.

Lorsque Lukas avait onze ans, le médecin de famille conseilla à sa mère d'envoyer son fils asthmatique dans un collège d'altitude. Le jeune Lukas raconta à l'assistante médicale les aventures de Croc-Blanc. Son père, qui ne donnait toujours pas signe de vie, saurait à son retour retrouver sa trace dans les neiges du Grand Nord. Il suffisait d'être patient, d'attendre sans inquiétude.

Après le départ de son frère pour Briançon, Louna, qui allait sur ses treize ans, trouva la maison encore plus vide. Son père n'était pas au travail ni en excursion, il les avait tout simplement abandonnés. Pire, il les avait oubliés.

Elle s'imprégna de la tristesse de sa mère, des chœurs russes d'Asie centrale qu'elle écoutait en boucle, de l'odeur de peinture de l'atelier du sous-sol où son père avait passé la plupart de son temps à peindre des tableaux ou à les recopier. L'attente devint destructrice.

La disparition de leur mère, dont la voiture s'écrasa contre un parapet, finit de morceler le puzzle familial. Sa fille survécut à l'accident.

La psy du collège décréta que Lukas était de structure émotionnelle trop fragile pour qu'il assiste aux obsèques.

N'ayant pas été admis au rendez-vous des adieux, n'ayant vu ni le corps de sa mère après l'accident ni celui de son père disparu, il imagina la mort comme une balade mystérieuse. Les grands départs avaient l'air de se faire en douceur.

Louna, grièvement blessée et choquée, partit après l'enterrement dans un établissement de réadaptation en

Bretagne, sans avoir eu la possibilité de dire au revoir à son frère. Tout était allé si vite.

Quand ils mirent en vente le pavillon familial, Louna était devenue la Douanière et lui guide à La Grave. Ils se retrouvèrent dans un café de banlieue, gênés de se savoir si proches et de se sentir si éloignés. Ils échangèrent des banalités sur leurs parents, chacun enfermé dans sa bulle de survie.

Il avait tourné la page, s'était marié, avait un enfant, grimpait à mains nues le long de voies royales. Elle était devenue une artiste marginale pétrie de colère et de doute.

La présomption d'absence de leur père s'était transformée dix ans après en déclaration d'absence, ce qui leur ouvrait juridiquement droit à la succession. Il récupéra quelques papiers et photos parce que ça se faisait, sa sœur emporta un tableau de Kandinsky dont elle trouvait la peinture cosmique.

Lukas retourna vers les sommets enneigés de l'Est, Louna rejoignit les plages rocheuses de l'Ouest.

Orphelins d'une même famille dont ils ne décodaient pas le mystère et les dérives, ils enfouirent leur passé dans des moules disjoints. Seul l'étonnant vert intense de leurs yeux les faisait frère et sœur.

*

Le soleil disparaît derrière la Meije. Lukas s'étire. Une douleur à l'épaule droite, séquelle d'une luxation en janvier sur l'arête nord des Grandes Rousses. Un élancement au genou gauche, déchirure du ligament intérieur dans une cheminée des Écrins.

Son corps est mémoire des montagnes. Il est le granite vert et rose, le gneiss, le schiste noir, le gabbro marqueté de blanc. Il est les pointes de cristaux d'un four cristallier, il est l'étoile violette dans son fourreau de glaise, il est l'inclusion émeraude dans un quartz hexagonal.

Son corps mémoire est aussi gardien de celle de son enfant. Léo ammonite lovée en lui pour l'éternité, Léo poids plume des falaises, Léo et ses prises de lézard, Léo des neiges, des luges, des raquettes, Léo des lacs d'altitude et des pelouses de printemps, Léo aux rêves de fluorines rouges, Léo aux doigts fuselés, Léo aux mains qui tiennent dans une seule des siennes, Léo dans le tourbillon du grand vide.

« I am within you, you are within me, je suis en toi, tu es en moi… »

Sur le lecteur de CD, *Ghosteen*, le dernier disque de Nick Cave à la pochette aux couleurs de paradis perdu, débordant de fleurs, d'oiseaux de feu et de chevaux sauvages en hommage à son adolescent fantôme.

Il reprend avec le rockeur : « A ghosteen dances in my hand… »

Par les longues soirées d'hiver à Briançon, lorsqu'il eut l'âge de sortir en ville, il fréquenta le ciné-club du haut des remparts niché dans une ancienne poudrière de Vauban. Pour un public restreint, on y projetait les films oniriques d'Andreï Tarkovski, son préféré, Théo Angelopoulos, Wim Wenders. Il retrouvait dans l'errance et la lente splendeur des images l'émotion de ses premières sorties en solitaire où chaque prise était pensée comme une séquence unique et poétique.

Il vit trois fois *Les Ailes du désir* de Wenders, où une évanescente trapéziste de cirque écoutait la musique de Nick Cave dans une caravane bohème.

Il continua à suivre la carrière du rockeur et ses obsessions lyriques dans ses tournées à travers le monde.

Après la mort de Léo, il n'accepta de musique que le souffle des vents.

Un jour, il apprit que Nick Cave venait de perdre son jeune fils, tombé du haut d'une falaise de Brighton. Abasourdi par une telle coïncidence dramatique, il fut incapable jusqu'au soir du moindre geste.

Le chanteur composa *Ghosteen* pour chanter l'indicible et consoler les pères orphelins de leurs fils. Lukas en fit son cantique.

La nuit de lune bleuit la pièce du chalet. Aucune trace de tristesse sur son visage tanné de tant de soleil.

Les années de dérive sont derrière lui. Personne ne

pouvait comprendre qu'il avait besoin d'une solitude obsessionnelle pour trouver la force d'accompagner Léo sur la voie des glaciers infinis et que la moindre sollicitation le mettrait en échec.

Quand il sut, et lui seul pouvait savoir le moment, que l'enfant avait réussi à endosser les ailes du désir et que partout où irait son père il serait à ses côtés, invisible, bienveillant, ses yeux recommencèrent à voir, ses oreilles à entendre et son cœur à battre à nouveau la vie.

Les mélodies s'éloignent, s'esquivent, s'évanouissent dans d'aériens entrelacements électroniques. Les sons atmosphériques sont entrecoupés de chuchotements. Le temps de la douleur s'allie à celui de l'amour.

Lukas reprend les dernières paroles : « Well the moon won't get a wink of sleep / If I stay all night and talk… La lune ne pourra pas fermer l'œil / Si je reste éveillé toute la nuit à te parler. »

Sur la table basse taillée dans une loupe de noyer, les enveloppes qu'il n'a pas décachetées. Sur les timbres de celle qui vient de l'étranger, un tampon bleu et noir « Tallinn, Eesti ».

Sous la demi-lune, la clairière s'est rétrécie. Les cabanes du camping veillent en rond sur l'auberge, chariots de colons avant l'attaque des Indiens. La brise frisotte l'herbe humide. Brefs cris d'oiseaux du fleuve. Par les fenêtres allumées, aucune voix, aucune musique.

Stig hésite, monte à l'étage. Les aboiements d'un chien calmés par la femme. Chuintement au-dessus de sa tête, une caméra. La poignée de la porte tourne.

– Bienvenue ! Calme, Lotte, calme ! Elle n'est pas méchante, si elle débusque un sanglier, il a du souci à se faire, mais comme gardienne je préfère l'œil de Moscou, dit-elle en lorgnant sur l'écran de contrôle de la caméra.

Toujours ces blagues frontalières.

De la main, elle invite Stig, un peu ballot dans ses habits de ville, à s'asseoir à la table de bois équarrie par un des frères bûcherons. Pour le mettre à l'aise, elle lâche son prénom : Kadi.

Les meubles de la pièce d'hôtes sont à l'unisson, buffet, table basse, tabourets assemblés en planches de pin épaisses comme la main. Aux murs, deux bougeoirs en métal, un trophée de chevreuil, une série d'hameçons multicolores piqués sur un carton en forme de barque. La décoration doit plaire aux touristes.

Elle s'affaire à la cuisine. Cheveux fauves, bottes de pêcheur, ample pull bleu, plus navigatrice que patronne d'auberge.

Il cale sa tête entre ses mains, coudes sur la table. La fatigue pèse sur ses paupières.

Il a dû s'assoupir. Mains sur les hanches, la femme l'observe. Devant lui, une assiette de sprats poêlés et de pommes de terre sautées avec de la crème épaisse.

– Les Allemands t'ont épuisé ? Reprends des forces. Vodka ?

Ton sec, énergique.

Il acquiesce, passe la main dans ses cheveux, un peu vexé de s'être laissé surprendre en état de faiblesse.

Une bouteille, deux verres, elle s'assied.

La friture poivrée appelle la vodka. Ils trinquent :

– Terviseks !

– Terviseks !

Pommettes rosies, elle enlève d'un geste ample son pull marine, va en chemisier vers la cuisine. Il suit sa silhouette. A remarqué ses seins opulents.

Elle se retourne, regard d'orage.

– Ça t'intéresse ?

– Ton pull était large, je…

– Quoi ?

– Excuse-moi, tes formes…

– Je suis enceinte et alors ?

Stig reste figé, comme si elle lui annonçait qu'il était le père.

Elle revient, port de tête majestueux, la chienne Lotte sur ses pas.

– Sers-moi, vu mon état, bientôt j'arrête l'alcool.

Coup de tête vers l'arrière, cul sec. Son verre claque sur la table.

– T'es parmi les premiers à le savoir.

– Tes frères Anton et… ?

– Andrus. Ils ont haussé les épaules, repris leur hache et leur marteau. Un jour que j'avais un bandeau sur l'œil, le visage tuméfié et l'avant-bras bandé, ils ne se sont pas inquiétés.

– Peut-être qu'ils…

– N'essaie pas, ils sont comme ça, voilà tout.

Un temps d'arrêt, elle hésite, puis :

– Je vais partir d'ici, loin de Permisküla, je suis dans le créneau des femmes à marier. Trouver un gars attentif, c'est encore possible, non ?

Il voudrait lui dire qu'elle est belle, qu'en première année des Beaux-Arts il était amoureux d'un modèle qui lui ressemblait et dont il avait retrouvé l'allure somptueuse dans un tableau de Klimt.

La femme ne se soucie pas de son silence et poursuit en confidence :

– Je travaille dur, j'ai de l'argent de côté. L'enfant sera à moi, à moi seule, sa bouche sera ma bouche, ses cheveux mes cheveux.

Elle se penche vers Stig.

– Qu'est-ce qu'ils t'ont dit, les Allemands ?

– Les Eenmaa ? Pourquoi les Allemands ?

– L'ennemi héréditaire ! Le week-end, Andrus retrouve des copains à la frontière du lac Peipsi. Filles russes, vodka russe, musique russe ! Avec les douaniers du coin ils se montent la tête, ils sont estoniens mais se prennent pour les cosaques de Poutine.

– Quel est le rapport ?

– Ils disent vouloir rétablir la vérité historique, casser du fasciste comme si la bataille de Stalingrad continuait. Mes frères savent qu'Eenmaa fait un trafic d'objets du IIIe Reich et que son fils l'assiste pour retrouver les soldats allemands disparus, ils les détestent. « Ces chiens de nazis n'ont pas besoin de sépultures », ils disent en crachant par terre.

Elle se ressert de la vodka.

– Tu as vu Jaan ?

– Il va m'aider, tu le connais ?

Les doigts de la femme s'impriment sur l'avant-bras de Stig.

– Je le croisais les jours de marché, belle gueule mais étrange dégaine dans son éternel pull gris à capuche, à acheter ses légumes par trois ou un multiple de trois, carottes, patates, choux, toujours par trois. Je me suis un peu moquée, mais on aurait dit qu'il ne m'entendait pas, il continuait, trois tomates, six œufs ! J'étais intriguée, on s'est croisés à nouveau, rencontrés…

Un blanc. Stig rompt le silence :

– Garde tes secrets, j'ai les miens aussi.

– Je sais : tu cherches un homme qui est né à Narva pendant la première indépendance de l'Estonie en 1918.

Comment sait-elle ? Il ne répond pas. Elle en dit plus sur Jaan, calmement :

– Mes frères croient qu'il est le père de mon enfant.

Ses mots sont trop chargés, il ne veut pas en savoir plus. Des enfants sans père, ils sont légion dans les arbres généalogiques, petite feuille solitaire au bout d'une branche sèche.

Sur son bras, toujours sa main. Elle l'oblige à écouter.

– Jaan ? Miks mitte, et pourquoi pas d'autres ? Les campeurs étrangers de l'été qui se foutent pas mal des combats de coqs entre Patriots russes et Reichbürger allemands, tu crois qu'ils n'en veulent pas à mon cul et que je laisse passer l'occasion ?

Elle avance son verre, Stig hésite. Demain elle regrettera. Elle gueule quelques mots en français :

– Je me fous du passé !

Stig se projette par-dessus la table au moment où elle glisse de sa chaise. Le verre éclate au sol. Lotte gronde.

– Calme !… Laisse… mon lit… au fond… conduis-moi.

Dans la cuisine, la porte d'une chambre. Il la soutient, l'enlace. Sous sa main la rondeur d'un sein. Elle ricane :

– Et toi, miks mitte ?

Sa voix est de nuit glauque, elle sombre tout habillée sur son lit.

*

Il éteint la lumière, se glisse au-dehors sous l'œil de la caméra. Le brouillard est chargé d'humidité. Il frissonne, choisit une cabane au hasard, à tâtons trouve la lampe à gaz.

Un châlit à deux places, table, tabourets, sur un trépied une cuvette d'eau, le minimum du campeur des bois. Épinglés au mur, toujours des hameçons, des appâts à plumes, des leurres multicolores et deux petits peignes pour écailler les poissons. En été, la clairière doit fleurer la grillade de brèmes, mais à l'intérieur des remugles de moisi renforcent l'impression d'enfermement.

Il jette une couverture sur ses épaules, sort dans la nuit.

Sa journée a été totalement folle, paradoxale.

Parti sur la piste de vagues indices pour une affaire d'héritage somme toute banale, même si les enjeux financiers semblent remarquables, il s'est retrouvé au carrefour d'émotions explosives. Pour la première fois de sa carrière, il a senti battre sous l'écorce de ses recherches généalogiques la sève des passions, et cette énergie fébrile entre doute et incertitude l'emporte loin des chemins raisonnables qui balisaient habituellement son territoire d'expertise.

Mais pour l'instant il n'est qu'un petit généalogiste suédois avec sur le dos une couverture que l'on jette aux flancs des chevaux en sueur, sans comprendre le sens ni la finalité de son voyage.

Des canards claquent des ailes du côté de l'île de la Liberté. Finiront-ils sous les plombs d'un chasseur estonien ou sous la grenaille d'un braconnier russe ?

Il vacille de fatigue.

Son sommeil est profond, les rêves s'y perdent.

Le galet d'ambre blotti dans sa main, il ouvre péniblement les yeux. Trop de vodka.

Il s'asperge le visage au broc d'eau, ouvre grand la porte. La lumière accroche les gouttelettes de rosée.

Du palier de l'auberge, la chienne Lotte le salue de la voix, rejointe par Kadi déjà debout.

– Hello, j'apporte le café !

La table où il s'installe, trois grosses planches clouées sur des rondins, résistera aux crues de la Narva. Le campement est solidement ancré en terre estonienne. Ici le droit du sol est plus certain que le droit du sang qui coule si généreusement.

Elle a gardé pull marine et bottes de pêcheur, ses cheveux roux et son sourire.

– Tu m'as fait du bien hier soir, musique, vodka, un chevalier servant, le tiercé gagnant.

Le café est âpre. Stig glisse une dragée dans la tasse, la regarde fondre en volutes violettes.

La femme hésite.

– Toujours sa manie des bonbons, le jeune Allemand ?

Voilà pourquoi elle sait qu'il est à la recherche d'un homme du siècle passé, né à Narva. Jaan lui a téléphoné. Elle connaît ses manies, ses tics. Son corps aussi peut-être.

– Vous vous voyez encore ?

Question directe, intrusive.

Hésitation. Elle se lève, monte à l'étage.

Stig ne perçoit pas tout de suite le son du clavecin, mais par la fenêtre de l'auberge, sans aucun doute, c'est une pièce de Bach. La *Suite BWV 977*. La réponse de Kadi.

Le nombre d'or brille sur la prairie.

Elle est revenue s'asseoir, cheveux tirés en arrière, visage lisse.

Stig se lance :

– Andrus et Anton, toujours au bord du lac Peipsi ?

– Sans doute.

– Puisque tu sais pourquoi je suis ici, tu penses qu'ils pourraient m'aider ?

– Ils sont peut-être sur la même piste que toi. Le bruit circule que des caches ont été trouvées vers les bois de Karmana. Tous ceux du coin, douaniers, paysans, bûcherons, trafiquants, fouillent les taillis d'épinettes et les sapinières du comté de Viru-Est.

– Ce n'est pas la même chose, ils cherchent des caches d'aujourd'hui, moi les traces d'un homme du siècle passé.

– Détrompe-toi, les repaires des Frères de la forêt, les Metsavennad, sont bien du siècle passé, recouverts par des brassées de ronces.

– Dis-m'en plus, c'était quoi leur but ?

– Les Metsavennad refusaient l'occupation soviétique. Dès 1944 ils ont mené des opérations de guérilla. Les Rouges ne s'aventuraient pas dans ces immenses étendues de pins et de marais d'où partaient leurs raids. Il a fallu l'indiscrétion d'un chasseur qui a trouvé des bijoux, des tableaux même à ce qu'il se dit, au fond d'une cachette souterraine pour qu'on se rappelle leur épopée.

– Des objets volés ?

– Les razzias permettaient de financer leurs opérations. Leur trésor oublié, c'est ce que tout le monde cherche.

– Tes frères y croient ?

– Ils en ont trouvé bien d'autres… Je n'aime pas le milieu des receleurs : tu tends la main pour recevoir ta part, on te la tranche sans un mot.

– Les caméras, c'est pour ça ?

– Oui, on a donné… Maintenant on se méfie.

Les berges de la Narva exhalent des spirales argentées. Lotte aboie doucement, tortille son arrière-train fauve.

Stig se lève :

– Quitter Permisküla, c'est laisser derrière toi le camping aux oies sauvages ou l'auberge des receleurs ?

Dans les yeux de Kadi, un voile de lassitude.

– La vie ce n'est pas l'un ou l'autre, disons que je dénouerai mes liens. Ce n'est pas facile.

Lotte part en fusée vers les fourrés. Un cri aigu, un craquement d'os.

L'ordre des choses, les chiens égorgent les lapins.

– Mon fils naîtra loin des nuits d'hiver où les corps s'offrent, parce qu'il fait froid, parce qu'on a peur des bourrasques de neige, parce qu'on est au bout du monde et qu'après la vodka, pour se réchauffer, frère, sœur, frère entament la jolie danse interdite des reclus au creux d'un même lit.

« Quoi de plus vague, de plus indéfini que la conception d'un petit d'homme », dirait Marko.

Stig n'ose enlacer la jeune femme qui le regarde droit dans les yeux. Elle est si déterminée, lui si incertain.

Rejoignant sa voiture, il a l'impression d'entendre la voix de Kadi qui pourtant se tait : « Et pourquoi pas toi ? »

*

Ses pensées font grand bruit dans l'habitacle de la Dacia. Le camping sert-il de base arrière aux malfrats russes ? Kadi a-t-elle jamais été enceinte ? Eenmaa est-il proche des réseaux néo-nazis ? Et moi, ne suis-je finalement qu'une doublure balancée dans l'intrigue d'une série télé au scénario tortueux ?

Il délaisse la route qui remonte sur Narva et file vers l'ouest. Il déposera la voiture de location à Tallinn. Aucun mail de Jaan pour l'instant.

Les pins succèdent à l'infini aux bois touffus de hêtres. Par les trouées de la futaie, le ciel s'accorde aux teintes verdâtres des marais.

Si l'homme de Narva était en vie à cette époque insurrectionnelle, avait-il rejoint les Frères de la forêt ? Ou les traquait-il aux côtés des forces soviétiques ? Était-il marié, avait-il des enfants ici ? Habitait-il même l'Estonie ? De quelle nature est cet héritage qui mobilise des officines notariales de Stockholm à Tallinn ?

Les réponses sont peut-être quelque part au milieu de ces milliers d'hectares de forêt et de terre moussue où les Metsavennad qui résistaient aux envahisseurs de l'Est cachaient leurs butins.

Après la ville de Mustvee, il poursuit plein ouest. Des bourgs perdus : Järva-Jaani, avec un improbable musée de vieilles voitures vite avalé par des hêtres en sentinelles serrées le long de la route ; Saula, cerné de marais nourris de l'ombre lourde des arbres. Un monde pâteux, sans dessus ni dessous.

Il lui revient vaguement que les services secrets suédois et la CIA soutinrent les Frères de la forêt et que des agents du NKVD soviétique se déguisèrent en Metsavennad pour commettre des exactions qui discréditeraient le mouvement. Sans doute au sein même des Frères de la forêt, des groupes dissidents s'affrontaient. En 1944, Hitler, prévoyant sa déroute, permit aux supplétifs estoniens engagés dans l'Estnische SS-Freiwilligen-Brigade de rejoindre l'Allemagne mais certains préférèrent prendre le maquis. Quelques mois plus tard, les opposants estoniens aux forces soviétiques les rejoignaient. Estoniens collabos, résistants, pro-nazis, anti-Soviétiques, selon quel découpage serpentait la frontière idéologique qui séparait tous ces clans ? Combien de règlements de comptes dans cette jungle ? À qui appartenaient les caches aux trésors dans les bois de Karmana ?

Dans cette Estonie énigmatique la traque de Toomas Luutos ne peut s'appuyer sur aucune logique. Il lui faut s'éloigner du credo de son métier. Seules des intuitions irrationnelles permettront de comprendre pourquoi l'homme de Narva n'apparaît sur aucun registre officiel d'Estonie.

La masse noire d'un sanglier frôle sa roue gauche. Stig revient sur terre.

Dans une demi-heure, il sera à Tallinn. Après trois jours au cœur de la mémoire vive de l'Estonie, sa récolte est mince : une larme de sirène. Mais en lui l'envie de ce qu'il pensait avoir perdu : le désir impérieux de s'égarer.

Sa chambre, un nid d'aigle. Rien n'arrête son regard.

Stig va d'une fenêtre à l'autre, ébahi de la clarté du ciel alors que dans la ville basse les lampadaires jaunissent le lacis des ruelles. Au loin, le port de Tallinn ouvert vers Helsinki et Stockholm. Au-delà, l'horizon violet de la nuit baltique. Derrière lui, la barre sombre des bois.

La guest-house de la rue Toom-Rüütli est en accord avec les remparts et la façade baroque du château voisin. Les murs de l'escalier cloquent, la table de nuit et le fauteuil ont dû être abandonnés par les chevaliers de Livonie.

Ce logement à l'odeur de fleur de chaux, oublié par les guides touristiques, est la meilleure façon de passer sans trop de déphasage de la hutte de Permisküla à la capitale estonienne, cœur de cible des voyagistes européens.

La citadelle fortifiée, retranchée au fond d'un golfe, garde la trace des invasions barbares qui ont déferlé sur l'Estonie convoitée depuis le XIIIe siècle par ses puissants voisins qui ne comprenaient pas pourquoi un si petit territoire s'obstinait à vouloir être indépendant. Les touristes s'y pressent.

Le long de la Baltique, une autre masse sombre symbolise la férocité d'une époque plus récente. La prison Patarei où, dans les années 1940, les nazis massacrèrent les déportés juifs du convoi 73 partis du camp de Drancy. Et pour équilibrer la balance de l'innommable, les forces soviétiques y exécutèrent des milliers d'Estoniens. La prison est à l'abandon, mais les nuits de tempête, des cris fantômes résonnent encore dans les cellules taguées. Les jeunes graffeurs recyclent les mémoires, thérapie pour s'inscrire dans l'avenir, parce qu'enfouir le passé, c'est œuvrer à ce que l'Histoire se répète.

Plongé dans la lecture du passé estonien dont il découvre la douloureuse complexité, Stig sursaute en entendant la sonnerie. Réception d'un mail. Les notes de Jaan, transmises par Marko. Le présent le rattrape.

Il n'ouvre pas tout de suite le message, descend à la recherche d'une épicerie, arpente les ruelles, tombe sur l'anachronique musée-distillerie de Luscher & Matiesen, d'où il revient avec une flasque de cognac.

Assis en tailleur sur le lit, ordinateur sur les genoux, alcool à portée de main, il lit le mail.

En tête, un nom : Toomas Hoffnung. En dessous : « 10/01/1918. La date de naissance est identique mais ce n'est pas votre Toomas Luutos. Aucune indication de la date du décès. On ne possède que les débris d'une plaque d'identité militaire. La corrosion a effacé le matricule et le corps d'origine. » Un peu plus bas : « N'oubliez pas qu'en Estonie les noms patronymiques subissent les vents changeant de l'Histoire. » Et, comme un rappel, une signature double : Eenmaa-Einmann, suivie de la devise du Volksbund Deutsche Kriegsgräberfürsorge : « Les victimes de la guerre et de la tyrannie méritent compassion et mémoire. Même les morts coupables ont droit à une tombe. »

Pourquoi rappeler cette devise ambiguë qui ne nomme ni les victimes ni les coupables ? Le visage de Stig s'appointe, chasseur qui tient un gibier dans sa mire sans savoir exactement qui du sanglier ou du cerf va sortir du bois. C'est le défi qu'il attendait. Déjouer les énigmes, dénouer le fil des coïncidences.

Sur son lit étroit dans une chambre perdue au sommet d'une ville inspirée, Stig redevient l'artiste qu'il aurait voulu être. Dans le rectangle de la fenêtre, l'ampoule d'un lampadaire scintille. Sur la buée des vitres, des gerbes d'étoiles, des symétries arborescentes. La frise murale d'un peintre.

Il finit la flasque d'alcool, pense à ses années perdues

dans le dédale des successions où hommes et femmes sont des pions sitôt oubliés.

– Qui que tu sois, Toomas, murmure-t-il, je retrouverai ta descendance. Maintenant, je travaille sur du vivant.

Sa tête s'alourdit. Il s'endort. Sur ses genoux, une palette de peintre.

*

Au 16 bis de Pikk Tänav, la rue la plus longue de la ville basse, Maître Arvo Jakobson a vissé une plaque de cuivre rouge à son nom, suivi d'un plus récent « & Son », à l'anglaise. Succession assurée, clientèle rassurée.

Stig goûte à la délicate senteur d'amande et de chocolat, signature du café-pâtisserie attenant Maiasmokk la Gourmande. Il n'y a pas plus rassurant avant de gravir les étages d'une étude notariale que la proximité d'un lieu où l'on chuchote sur des banquettes de velours, attablé devant une dacquoise aux noisettes glacée au chocolat noir.

Au dernier palier il ajuste sa cravate, s'assure du lustré de ses chaussures.

Un grand et lourd gaillard à l'allure décontractée, gilet en lin écru sur une chemisette bleu azur, lui ouvre. Main tendue.

– Jaakob Jakobson !

Stig suppose que, derrière ce sourire travaillé, se cache une fine lame capable de pourfendre sans état d'âme un petit généalogiste scandinave.

Pendant qu'une vieille servante en tablier gris apporte deux tasses en porcelaine torsadée surmontées d'élégants monofiltres à café, Jaakob Jakobson, doublement héritier par le nom, prend connaissance de ses conclusions.

Pas de questions en retour mais un avis fait pour le déstabiliser :

– Très bien, merci, mais vous n'êtes guère plus avancé que votre confrère russe.

Sans broncher, Stig regarde l'eau du filtre s'écouler dans sa tasse. Le fils Jakobson, qui ne décode pas son silence, relance la ligne :

– Lui aussi a trouvé un Toomas disparu sans laisser plus de traces que sa date de naissance qui est bien la même, mais sur les champs de bataille de l'Est.

Stig ne comprend pas. Des Toomas nés le 10 janvier 1918, il peut il y en avoir plusieurs, mais de chaque côté de la frontière russo-estonienne c'est étrange. Surtout ne pas montrer son étonnement. À gestes précieux, il dépose le filtre dans la soucoupe, le tapote, lève des yeux sans expression vers le jeune notaire.

Jaakob Jakobson, performant dans l'affrontement, les controverses, les arguties de droit – il a remporté un concours d'éloquence à la fac –, est ébranlé face à un interlocuteur mutique au visage blanc. Il hésite, lâche prise.

– Nous nous reverrons quand vous en saurez un peu plus, n'est-ce pas ?

L'atmosphère est tendue.

Est-ce que depuis son bureau le père a un œil sur leurs échanges ? Une porte s'ouvre dans le dos de Stig, les lattes du parquet ciré craquent, l'ombre de Maître Jakobson s'invite au salon.

Yeux vifs dans un visage tout en longueur, cheveux blancs crantés, à peine voûté malgré son âge, il dira plus tard aller sur ses quatre-vingts ans, sa prestance en impose. Costume trois pièces de velours côtelé brun, assorti d'un nœud papillon crème. Il s'est glissé dans les habits d'un des derniers barons baltes des siècles passés.

À la fin du XIXe siècle, l'étude notariale Jakobson conseillait les grandes fortunes estoniennes, de la famille Carl Magnus qui supervisa la construction de la ligne de chemin de fer Tallinn-Saint-Pétersbourg à celle des von der Pahlen, grand distillateur de liqueur. Dans les années 1940, l'étude resta ouverte mais les agents du SD nazi et ceux du KGB soviétique, avides de données confidentielles et de secrets de famille, emportèrent à pleines brassées chemises cartonnées et liasses de documents comptables.

Quand vint enfin le 20 août 1991, jour de la nouvelle

indépendance, Arvo Jakobson tourna la page des années d'infamies, fixa à la façade du 16 bis Pikk Tänav une nouvelle plaque de cuivre pour remplacer celle qui avait été volée, remit de l'ordre dans ses dossiers dont il avait rangé les pièces essentielles à l'abri dans une cave secrète. Il dit alors à son fils, qui allait sur ses cinq ans :

– Quand la tempête souffle, il faut savoir baisser la tête sans courber l'échine.

Mais il est plus facile d'assurer la continuité d'une étude de notaire que de transmettre un idéal. Plus tard, le fils Jakobson développa, a contrario, une forte appétence pour les confrontations directes.

– Ne partez pas, mon ami, sans avoir goûté à une de nos spécialités. Accompagnez-moi ! Je dis « nos » parce que ma famille est liée depuis toujours avec la pâtisserie Maiasmokk. Le père de mon bisaïeul a négocié au mieux l'achat de l'établissement dans les années 1800 et, en remerciement, nous y avons une table réservée.

S'aidant d'une canne au pommeau d'acier ciselé, Maître Arvo Jakobson devance Stig et, sans un regard pour son fils, passe la porte.

Ils commandent des massepains, spécialité de la maison, s'installent contre la vitrine donnant sur la rue passante. Peu de clients en cette matinée. Ambiance feutrée, boiseries patinées, plafond à caissons, lourdes chaises de chêne à l'assise de satin. Dans un coin de la table, gravées en lettres de cuivre, les discrètes initiales A. J.

– Si j'ai bien entendu Jaakob, vos résultats sont à égalité avec ceux de votre confrère russe qui est toujours à Moscou, épuisé et quelque peu démoralisé. Pour commémorer les soixante-quinze ans de la fin de la Deuxième Guerre mondiale, la chaîne de télévision publique russe Rossiya-24 vient de diffuser pendant deux mois un bandeau permanent affichant les noms de plus de douze millions de combattants soviétiques morts au combat, avec leurs dates de naissance et de décès quand elles étaient connues. Vous entendez bien, vingt-quatre heures sur vingt-quatre, ce qui fait cent vingt et un mille noms par jour ! Heureusement, en parallèle, les mêmes listes étaient imprimées, et pour ses recherches qui finalement l'ont mis sur la piste de ce Toomas de l'Est, votre confrère s'est fait seconder par une armada d'étudiants.

– La nation russe ne lésine pas pour raviver sa mémoire nationaliste, n'est-ce pas ? intervient Stig avec ironie.

– Effectivement, et tant qu'à comptabiliser les morts, la chaîne de télévision russe aurait dû ajouter les dizaines de milliers de Baltes massacrés par les forces d'occupation soviétiques ou déportés vers les goulags et les centaines de milliers de leurs propres compatriotes relégués en Sibérie sous Staline.

Pensif, il émiette la pâte d'amande du bout de sa fourchette, reprend :

– Vous n'êtes pas sans savoir que seul le généalogiste qui aura identifié et localisé les héritiers pourra établir avec eux un contrat de révélation lui permettant de toucher des honoraires. Il m'est donc difficile de vous communiquer le dossier de votre concurrent…

Il s'interrompt pour saluer de la tête une femme en manteau vert qui hésite devant la vitrine de pâtisseries, puis :

– Mais, voyez-vous, avec mon fils nous n'avons pas la même sensibilité. Question de génération. Il a choisi un expert russe alors, par équité, je me suis tourné vers l'Ouest et j'ai contacté votre patron, Maître Lindberg de Stockholm, qui vous a recommandé. Je viens d'ailleurs de m'excuser auprès de lui de ne pas vous avoir annoncé plus tôt que vous seriez deux sur la même affaire.

Il cherche le regard de Stig et lance ces mots que le Suédois n'imaginait pas entendre de la bouche du Maître :

– Je vais faire une entorse à ma déontologie.

Et toujours les yeux dans les yeux, comme pour appuyer sa décision :

– Prenez connaissance de ce que nous a transmis votre confrère de l'Est.

Sur une simple feuille blanche, recopié de sa main : « TOOMAS NADEZHDA, NÉ LE 10/01/18, LIEU ET DATE DE DÉCÈS INCONNUS. »

Au bout de deux lectures attentives, comme si de cette épitaphe minimaliste allait surgir une révélation, Stig se penche au-dessus de la table et murmure :

– C'est incroyable, j'ai relevé un Toomas sur la liste des disparus allemands avec la même date de naissance. Mais les noms de famille diffèrent. L'énigme Toomas Luutos reste entière. Ma virée à Narva a servi à peu de chose.

– S'il vous plaît, mon ami, racontez-moi en quelques mots votre « virée à Narva », comme vous dites. Vous ne me devez rien bien sûr, mais je me prends au jeu, j'aimerais en savoir plus. Cette affaire est hors du commun par la complexité des données internationales qui s'y rattachent. Continuez à parler en estonien, vous maîtrisez très bien ma langue.

Lorsque Stig se tait, midi sonne à l'Oleviste Kirik, l'église Saint-Olaf. Fin d'un monologue d'une heure en compagnie d'Aliona, Piotr, les frères et sœur du camping de Permisküla, Marko et son fils. Il n'a dissimulé ni ses rencontres ni ses doutes.

Le notaire, enthousiaste, reprend sa dernière phrase :

– « On est le fils de son temps et du temps d'avant », une bien belle formule. Vous êtes sensible à l'emboîtement des vies, Stig Nyman, en général les généalogistes de mon étude le sont plutôt à l'ombre des morts. Je ne regrette pas de vous avoir choisi.

Il réfléchit, visage tout en douceur, reprend :

– Dorénavant vous n'aurez affaire qu'à moi. Je laisse à mon fils les dossiers où le droit est roi, je garde ceux où l'émotion devance la raison. Continuez à être curieux, suivez vos intuitions, bousculez l'aspect formel des arbres généalogiques, retournez dans votre chambre d'artiste écouter les cloches de l'église Saint-Olaf. Son clocher sert de repère aux navigateurs, il vous guidera sur les voies secondaires menant à la connaissance. Revenez me voir demain matin, même heure même lieu. Vous ne pouvez pas quitter Tallinn sans partager un kringel à la cannelle.

Stig se lève, assommé d'avoir tant parlé. Maître Arvo Jakobson le remet sur pied :

– Vous avez vingt-quatre heures pour finaliser le dossier Toomas Luutos. En échange, je vous dirai ce qu'il en est de cet héritage exceptionnel qui sera sans doute ma dernière aventure notariale.

La lumière printanière égaie les rues pavées. Les touristes flânent, badent devant les vitrines de colliers et de bracelets d'ambre marin.

Stig remonte en sifflotant les ruelles de la ville haute, contourne la cathédrale Sainte-Marie, étonnant bloc de sucre blanc. Halte à la terrasse panoramique. Par-delà la rumeur de la ville, la respiration du grand large.

Dans sa poche, contre sa cuisse, la chaleur douce du galet miel de la Baltique.

Dix heures pile, le lendemain. Stig pousse la porte du mythique salon de thé de Tallinn.

Derrière un journal déployé, la chevelure blanche du notaire installé à la table siglée A. J. Servis sur un plateau d'étain aux anses en feuilles d'acanthe, deux tasses de café fumant et deux kringels.

Stig est venu sans sa sacoche. Maître Jakobson fronce à peine les sourcils.

– Saint Olaf, le pourfendeur des païens, n'a pas soutenu votre inspiration ?

Le Suédois sourit, sort un carnet d'une poche intérieure.

– « Inspiration », Maître, est un terme réservé aux poètes, aux écrivains. Je ne suis qu'un copiste, un arrangeur. Tout tient sur une page. Vous permettez ?

Il savoure les saveurs complémentaires du café et de la cannelle, poursuit :

– Notre présumé défunt de Narva est à l'image de votre pays, son identité est plurielle. Sa date de naissance a été relevée deux fois, chez un combattant allemand et chez un soldat soviétique, morts au combat dans des camps adverses, sans doute autour de l'année 1945. La date de leur décès est inconnue pour l'un comme pour l'autre. Simple coïncidence peut-être, mais d'autres indices sont plus troublants. La signification de leur nom. Voyez, Hoffnung, n'est-ce pas « espérance » en allemand ? Et Nadezhda, « espérance » en russe ?

Il s'arrête, regarde l'effet produit sur son interlocuteur.

– Deux hasards qui se superposent, ce n'est plus un rapprochement aléatoire, c'est un indice décisif !

Le notaire avance la main vers le carnet. Stig arrête son geste.

– S'il vous plaît, Maître, encore une minute, il y a plus étonnant. Un homme du village de Permisküla, ce Marko dont je vous ai parlé, m'a montré comment deux petites voyelles, par exemple un *o* ou un *a* ou un *o* ou un *u*, par leur simple glissement au sein d'un mot, pouvaient en bousculer totalement le sens. Je comprends à présent la portée de sa remarque.

À nouveau une pause dans sa démonstration comme s'il lui fallait reprendre souffle pour soulever le voile de l'énigme. S'il ne convainc pas le notaire, il n'aura plus qu'à retenir un vol de retour pour Stockholm, refermer la porte de ses rêves, redevenir l'aimable généalogiste successoral de Maître Lindberg. Il se lance, forçant sa voix :

– Ce n'est plus une hypothèse, j'ai la certitude que l'homme que nous cherchons, Toomas Luutos de Narva, s'appelle en réalité Toomas Lootus. Une permutation des voyelles qui change tout.

D'un geste maladroit, le vieil homme bouscule sa tasse. Sa voix baisse d'un ton :

– Lootus ! Mon Dieu, je comprends ! Lootus, c'est « espérance » en estonien. Espérance, à nouveau !

Il répète : « Mon Dieu, il faut que vous sachiez ! », cherche sa canne, se lève en s'appuyant au bras de Stig.

– Je tiens ma promesse. Venez à l'étude.

Sitôt la porte d'entrée du 16 bis de la rue Pikk refermée, le notaire s'arrête.

– La pièce secrète dont je vous ai parlé, celle qui m'a permis de soustraire des dossiers à la cupidité des occupants, existe toujours. On y entrait par une trappe sous le transformateur électrique de la cour qui pivotait au sol. Maintenant elle est scellée et on rejoint la cave par cette porte, là, devant vous.

– De simples panneaux de bois dans le hall ?

– Pas d'inquiétude, mon ami, elle est blindée et personne d'autre que moi n'y entre. « Il n'y a rien ici ! » peut-on dire. Ne souriez pas, c'était la phrase code du personnel de l'hôtel Viru au bout de la rue, seul établissement dans la ville habilité à accueillir des étrangers sous l'ère soviétique. Quand un client demandait à monter au-delà du vingt-deuxième étage, on lui répondait invariablement : « Pourquoi ? Il n'y a rien ici ! » Tout l'art perverti des Soviétiques est de nier la réalité. Vous connaissez le tableau de Magritte *Ceci n'est pas une pipe* ? Il paraît qu'une copie trônait sur un mur du bureau du KGB qui avait installé son quartier général au vingt-troisième étage de l'hôtel, d'où il écoutait ce qui se disait dans les chambres truffées de micros. L'Estonie occupée a été soumise au surréalisme soviétique : « Ceci n'est pas un internement », « Ceci n'est pas une déportation », « Ceci n'est pas une exécution ». Vous allez bientôt comprendre pourquoi je fais référence à un peintre.

Il s'arrête, toujours aussi droit, baron balte invaincu, et poursuit en sortant de sa poche la clef de la porte :

– J'avais dix ans, je connaissais l'existence de cette cache, mais j'avais compris intuitivement que, pour aider mon père dont le visage fermé me rendait triste, il ne fallait pas parler aux hommes en uniforme qui occupaient l'étude. J'en ai gardé l'habitude du verbe rare, je laisse l'éloquence à mon fils.

*

La pièce est basse de plafond. Aucune ouverture, une forte lumière blanche. Un bureau en métal d'avant-guerre, deux chaises à accoudoirs, une table basse, des cartonniers à tiroirs. Encastrées dans l'épaisseur du mur du fond, deux lourdes armoires métalliques renforcent l'impression d'enfermement.

– C'est la réplique en sous-sol du repaire du KGB ! s'autorise à lancer Stig.

– Vous avez le sens de la dérision, mon ami, je vous en félicite, c'est un bon moyen pour apprivoiser l'étrangeté. Une carte maîtresse dans le jeu d'un généalogiste formé dans une université où, sans doute, on n'enseigne ni Beckett ni Ionesco, ces magnifiques voix de l'absurde. Asseyez-vous là, dans ce coin, il vous faut un peu de recul.

Le notaire prend son temps. Le blanc froid de l'éclairage place dans ses cheveux un anneau de lumière, prêtre officiant devant des icônes de métal gris. Il se retourne lentement.

– J'ai le sens du suspense, n'est-ce pas ? L'instant est d'importance. Quand vous connaîtrez la nature de l'héritage, votre mission virera de bord. Ce ne sera plus vous qui chercherez Toomas Lootus dit Luutos, c'est lui qui vous guidera. Les pièces du puzzle sont dans ses mains, pas dans les vôtres.

Le ton de l'homme de loi, clef toujours en main, se fait solennel :

– Perdez-vous, mon ami, passez de l'autre côté du miroir. La tête de l'Estonie est dans le bleu étoilé de l'Union européenne alors que sous ses pieds les boues brunes et rouges n'ont pas encore séché. Et pendant ce temps-là, comme dit le poète, la mer Baltique va, vient, efface les traces du passé. Dans ce paysage tourmenté continuez à naviguer à vue, rappelez-vous que les Suédois sont un peuple d'explorateurs.

Bruit métallique de la clef dans la serrure d'une des deux armoires. Elle est profonde. Sur une étagère, deux paquets rectangulaires dans des linges de feutrine grise.

Maître Jakobson en tire deux tableaux, les pose sur une table basse, rejoint Stig.

Mains sur les genoux, ils contemplent ces toiles sur châssis aux couleurs vives.

Sur l'une, le portrait en pied d'un homme aux cheveux hirsutes tachetés de bleu roi, au long visage à la bouche carmin, au front rehaussé de traits verts et roses, aux yeux noirs en coin, comme guettant son double, vêtu d'une redingote d'un lisse velours sombre du même bleu que sa chevelure. À la hauteur du ventre, ses deux mains l'une sur l'autre, immenses, nues, gantées d'un patchwork de jaune, rouge, vert et, surtout, ce que l'on voit en premier, deux longs doigts en ciseaux prêts à trancher ce que son regard fixe hors champ, peut-être lui-même. Stig se sent presque gêné d'assister à cette mise en scène au narcissisme ambigu.

Sur l'autre, une femme revêtue des poignets aux chevilles d'un fourreau, mosaïque aux couleurs vives, qui pourrait être égyptien. Le modèle est allongé sur le côté, gisante plaquée sur une couverture ocre. Son regard fixe un plafond bas qui lui enlève toute force expressive.

Ils restent vissés à leurs chaises. Le jeune Suédois, visage tendu à scruter l'harmonie dissonante des toiles qui le propulse vers l'atelier lumineux des Beaux-Arts de Stockholm. Le vieil Estonien, subjugué à nouveau par l'intensité des représentations polychromes, alliance de provocation et de désolation, dont il révèle l'origine :

– Egon Schiele.

Stig connaît surtout de ce peintre autrichien les autoportraits aux membres tors dans des teintes plombées, loin des touches éclatantes de ces deux tableaux.

Comme s'il devinait ses pensées, Maître Jakobson ajoute :

– Je les ai fait expertiser rapidement sous le sceau du secret. Ils semblent bien être d'Egon Schiele, quoique non répertoriés. Mais ce qui doit vous intéresser, vous comprendrez vite pourquoi, est au dos des toiles. Allez voir s'il vous plaît, c'est écrit en français.

Stig hésite, il n'y a pas que l'homme de Narva qui mène la danse, le notaire semble se complaire dans la salle de bal.

Il contourne les tableaux, s'accroupit, décrypte les inscriptions manuscrites gravées sur le châssis.

Sur l'autoportrait en pied est écrit : « Pour mon fils ».

Sur la femme allongée : « Pour ma fille ».

Sur chacun d'eux : « Toomas Luutos, né à Narva le 10 janvier 1918 », et en majuscules, toujours en français : « L'ESPÉRANCE EST MA PATRIE. »

Stig se détend, son visage s'illumine, ce n'est pas un piège, ce qu'il vient de découvrir va dans le sens de ses hypothèses.

– Magnifique ! La devise est magnifique ! L'homme de Narva nous dévoile son identité ! L'Espérance est sa patrie ! C'est bien Lootus son vrai nom et Espérance est son nom français ! Naturalisé sans doute.

Son enthousiasme tend sa voix :

– Dans la famille Espérance, je demande les héritiers français !

Le notaire ne bouge pas. Dos courbé sur son siège, il contemple les toiles comme s'il se reposait dans la salle déserte d'un musée. L'a-t-il entendu ?

– Ces tableaux, insiste Stig, vous pouvez me le dire maintenant, comment sont-ils parvenus jusque chez vous ?

Maître Jakobson lève les yeux vers lui. Son visage est pâle, marqué.

– Aidez-moi à remettre les toiles en place, mon jeune ami. Cette pièce aveugle est étouffante. Trop de dossiers confidentiels y mijotent. Je suis fatigué. Mais pour que votre nuit ne soit pas d'insomnie, sachez tout de même qu'ils ont été trouvés par un chasseur dans un blockhaus écroulé, sans aucun doute occupé autrefois par les Frères de la forêt.

– Les Metsavennad ?

– Tout à fait. Les ministères concernés ont contacté

la chambre des notaires, qui m'a mandaté pour m'occuper de cette éventuelle succession. Il faut savoir encore s'il s'agit de tableaux spoliés pendant la dernière guerre, ce qui rendrait l'affaire plus compliquée.

De retour dans le hall de l'immeuble, Maître Jakobson fait une pause. Il s'est ressaisi, ses yeux brillent de malice.

– Vous avez les cartes en main pour continuer votre mission. Sauf une que je garde par-devers moi encore quelque temps. Vous avez remarqué sur les inscriptions, les deux caches noirs après « fils » et fille : j'ai occulté les prénoms des enfants héritiers pour que vous meniez votre enquête sans a priori.

Tandis qu'il remonte à son étude, à mi-étage, il se penche par-dessus la rampe d'escalier.

– Demain, mon ami, toujours chez Maiasmokk. Un petit rituel entre nous. Connaissez-vous leur chocolat chaud au gingembre ? Une merveille !

Son petit rire pointu accompagne Stig jusque dans la rue.

Les lourds pavés lissés renvoient la luminosité du ciel. Trois gamins dévalent la rue piétonne en chantant « Sepapoisid, Sepapoisid ! ».

Si ma mémoire est bonne, pense Stig, les petits Français disent : « Frère Jacques, frère Jacques ! », mais d'après la logique des générations, si ceux dont il me faut trouver la trace sont les enfants de ce Luutos qui jongle avec ses identités, ils doivent avoir dans les cinquante ans. C'est une tout autre chanson qui m'attend.

« Écarlate, sanglant, amarante, pourpre, incandescent, enfiévré… » Dans un transat du jardin, alors que le soleil couchant irise la mer, Louna psalmodie à voix haute. « Vermeil, incarnat, andrinople. » L'étonnant dernier mot lui vient de sa convalescence, quand une infirmière lui a offert un livre de la série des *Claudine* de Colette : « Sur le tabouret au point de croix… un chien à dos rouge et à pattes violâtres laisse pendre une langue couleur andrinople. » La femme de lettres trouvait le terme juste, lissait ses phrases. Louna, elle, cherche pour ses tourniquets la subtile alliance des teintes complémentaires.

Aucune brise marine, le jardin est figé. Un moulinet orange safran, immobile, renvoie les reflets du soleil couchant. À sa gauche, trois pales en tôle souple d'une éolienne en rupture de vent pendent comme les ailes cobalt d'un cormoran.

Ce matin, une jeune femme de Binic est venue jusqu'à l'atelier où Louna découpait des chutes de métal dans un geyser d'étoiles. Elles se connaissaient vaguement, croisées à la Galerie.

Katell, mince, peau mate, cheveux noirs relevés, pincés de nacre, désirait acheter le vire-vent à six hélices jaune-rouge-bleu Kandinsky, sculpture fétiche dont Louna ne voulait pas se séparer.

Pour l'acheteuse, c'était cette pièce-là avant tout. Son père, dont l'anniversaire tombait dans quelques jours, s'était arrêté devant le vire-vent en se promenant sur le chemin des douaniers, l'avait trouvé magnifique, essentiel.

Elle travaillait dans une voilerie des environs, habitait sur les hauteurs de la ville dans la maison familiale entourée d'un parc où son père, qui n'avait jamais mis les pieds sur l'eau, construisait des maquettes de bateaux à grande échelle. Pour son chef-d'œuvre, une goélette de morutier avec coque en bois de chêne doublée de cuivre, elle avait taillé les douze voiles dans des chutes de toile marine et restait intarissable sur le grand foc, la trinquette, la misaine et le hunier.

Louna, qui fuyait d'habitude les échanges bavards, est restée à l'écouter, intriguée par cette femme souriante qui aidait son père à aller au bout de ses rêves et lui faisait des cadeaux. Même adulte on pouvait rester fille aimante et s'en trouver heureuse. Est-ce le mot « père » qui l'a fait céder ? Le nom de son propre père disparu venait de faire irruption dans sa vie et troublait depuis un mois son sommeil. Elle lui a vendu le vire-vent aux couleurs primaires.

Katell lui a proposé d'aller faire un tour au bourg à la nuit tombante, voir les illuminations du port pour la fête de la morue. Louna a accepté. La solitude lui pesait, Léa était partie à Cancale installer une exposition.

Rendez-vous a été pris sur la jetée de Penthièvre, à deux pas du phare. Elles regarderaient la foule puis s'attableraient devant une douzaine d'huîtres. Rien de plus que de se sentir entourées.

Le nom de son père déclaré « absent » en termes juridiques puis enregistré à l'état civil comme « décédé » est réapparu à l'improviste, diable sorti de sa boîte, après qu'elle eut reçu il y a peu une lettre venant d'Estonie, libellée à son nom double qu'elle n'employait jamais : Brudsky-Espérance.

Au retour de la poste, elle était passée au café de la Mer attendre Léa. Devant la curiosité de Pierrick le chaudronnier, elle avait lâché qu'elle n'aimait pas le nom d'Espérance, qui était celui de son père. Une façon de rejeter dans l'ombre la souffrance dont elle voulait oublier l'origine.

Lisant le message d'un certain Maître Jakobson, elle crut à un de ces jeux absurdes où l'on demande de faire suivre un message à trois ou quatre amis sous peine d'attirer sur sa tête tous les malheurs du monde. Une recherche sur Internet attesta que ce notaire exerçait bien à Tallinn, dont elle ignorait jusqu'ici le nom.

Louna Brudsky-Espérance faisait partie des deux cent cinquante-deux Français se rapprochant du nom Espérance, recherchés par Stig Nyman, généalogiste auprès de ce notaire. Un questionnaire successoral d'identité était joint, ainsi qu'une proposition de contrat de révélation de succession aménagé pour leurs cas précis. Si un héritier d'après la législation ne pouvait connaître la nature d'un tel héritage, on l'informait qu'en l'occurrence il pouvait venir de son père.

Léa lui conseilla de demander l'avis de Lukas. Même s'ils allaient depuis longtemps sur des terres éloignées, l'affaire, d'importance, les rebaptisait officiellement frère et sœur.

La lettre qu'elle envoya à Ventelon, hameau du Briançonnais, arriva en même temps que celle de Maître Jakobson, identique à la sienne.

Après de laborieux échanges téléphoniques, Lukas et Louna décidèrent de répondre favorablement au généalogiste sans chercher à en savoir plus sur les raisons qui les poussaient à mettre un pied dans ce labyrinthe improbable. Peut-être le besoin de savoir si c'était ce fantôme paternel qui les avait jetés, l'un et l'autre, dans les sphères douloureuses du doute.

Lukas, qui avait recueilli les archives familiales, mit la main sur un décret de naturalisation française par décision de l'autorité publique en 1960 d'un Toomas Luutos né en Estonie et un autre du ministère de la Justice publié quelques mois plus tard au *Journal officiel*, qui actait la francisation de ce nom, le traducteur assermenté ayant trouvé lui-même une proximité avérée avec Espérance. Toomas Espérance s'était marié en 1966 avec Olga Brudsky, française descendante lointaine d'une famille juive hassidique de Biélorussie. Louna était née l'année suivante, Lukas deux ans plus tard.

En réponse à ces informations, Stig Nyman leur fit savoir que sur le territoire français ils n'étaient plus que trois fratries à être susceptibles d'hériter, et que toutes données nouvelles l'aideraient à affiner ses recherches.

Ils signalèrent que leur père emportait des tableaux d'artistes peintres dans ses valises quand il allait d'un pays à l'autre et qu'il était parti un beau matin de juillet 1974 sans laisser d'adresse. Ils ne parlèrent pas de l'accident mortel de leur mère. Leurs disparitions n'étaient pas de même nature même si l'une pouvait être la conséquence de l'autre. Ils ajoutèrent qu'à la maison on parlait parfois russe et que tous les deux avaient continué à pratiquer cette langue.

La dernière lettre, de la main de Maître Jakobson, les informa qu'après avoir éliminé les autres pistes, il y avait de fortes chances que ce Toomas Luutos soit leur père. Il les invitait aimablement à se rendre à Tallinn tous frais payés. S'ils signaient le contrat de révélation sur place, la teneur de la succession leur serait dévoilée même si la procédure pour clarifier l'origine de l'héritage n'était pas entièrement terminée.

Le jour d'après, Louna vendait son vire-vent fétiche et Lukas se blessait à la main droite, une rupture de ligament dans une paroi pourtant facile. Deux événements totalement dissemblables qui les firent sortir au même moment de leur complaisance à protéger leurs vies solitaires.

Ils s'accordèrent vingt-quatre heures avant de donner une réponse commune au notaire de Tallinn.

*

Une guirlande lumineuse court de la jetée de Penthièvre à la passerelle de l'Ic. Tout ce qui peut éclairer la nuit scintille et se balance au gré des flots. Feux rouges et verts des bateaux à quai, éclats blancs à la tête des mâts, lampions accrochés au moindre cordage. À l'entrée du port, les éclairs jaunes du phare rythment la fête de la morue, point d'orgue de la nocturne à Binic.

Sur un banc de la jetée, Louna suit la cadence du fanal, trois éclairs toutes les douze secondes.

– Vous rêvez ?

Sur son épaule, une main amicale. Katell, yeux rieurs, prête pour le bal des matelots, robe vintage à damier style libération de Paris, espadrilles à talons, foulard breton à bandes noires et blanches. Elle s'assoit à ses côtés.

– Trop d'agitation pour moi, mes jambes ne s'accordent plus avec les airs de gavotte.

– Pourquoi « plus » ?

– Un corps vivant c'est fragile, parfois ça se brise. Maintenant, la canne, là, vous voyez.

Et pour couper court à tout apitoiement :

– Mes vire-vent dansent pour moi.

– Excusez-moi. Mon père dit que je parle trop vite.

– Ne vous inquiétez pas, allons déguster des huîtres avec un blanc sec de Nantes.

Elles remontent la jetée, l'une va à pas comptés, l'autre retient ses élans. Ceux qui les croisent pensent à une mère et sa fille.

Le long des quais, la foule ondule d'une crêperie à une boutique de pulls marins, d'une échoppe de bijoux bretons à l'étal d'un potier, de l'éventaire d'un brocanteur aux tréteaux d'un bouquiniste. La musique est partout, aux terrasses des bistrots, sur la moindre estrade, au coin des rues. Secoués par un vent d'ouest, soupirs d'accordéons, refrains en chœur, solos de guitares, arpèges celtiques se chevauchent dans un délire cacophonique sur fond d'odeurs de marée, de bière et de poêlées de morue.

Elles s'éloignent du cœur de la fête, repèrent derrière la mairie des tables de bistrot le long d'un trottoir, commandent des huîtres « élevées à Binic, raffinées à Riec-sur-Bélon » précise la patronne, manches relevées sur des bras de leveur de casiers. Sur la place du Port, les Marins d'Iroise entonnent « Jean-François de Nantes ». Le public reprend à l'unisson.

Katell rigole.

– C'est mon père qui serait content ! Il adore tout ce qui se rattache aux traditions bretonnes. Parfois, se croyant seul dans la maison, lui qui a passé sa vie dans des bureaux gris, il s'habille à l'ancienne, suroît sur la tête, veste et pantalon de toile cirée et, aux pieds, bottes de pêche. Il met à fond la stéréo et gueule avec la musique : « Du rhum, des femmes et de la bière, nom de Dieu ! » Son monde est de rêves, faut lui laisser. Un jour, une déferlante balaiera le jardin, la maquette prendra le large et à bord de sa goélette de morutier, il ira rejoindre Lucette qu'il pleure toujours.

– Votre mère ?

– Sa femme surtout. Elle est décédée un an après mon adoption, je n'en ai pas de souvenirs. Comme dans un conte, on m'a trouvée emmaillotée de chiffons sous le porche de l'église Sainte-Catherine de La Roche-Derrien, pas loin d'ici, d'où mon prénom. Mon père, c'est un homme bon, inconsolable.

Cette femme qui ignore tout de ses géniteurs, pense Louna, déballe sa vie comme s'il était naturel de feuilleter son livret de famille devant une amie de passage. Elle aime l'homme avec qui elle n'a pas de lien biologique, alors que moi qui connais mon père, je n'arrive pas à l'aimer ni à lui pardonner.

Un groupe de Brest entonne « Tri Martolod » avec une énergie à faire chavirer la flottille du port. Un gars, débardeur de marin, épaules tatouées, reconnaît Katell, l'invite à aller écouter un groupe rock de Lorient. Elle se lève d'un bond et, après un maladroit « Je danserai pour toi » assorti d'un sourire éclatant, disparaît dans la foule.

Louna s'enferme dans ses pensées tristes, rides amères au coin des lèvres. Elle n'est pas née de parents inconnus, pire, elle n'a pas été reconnue comme leur fille désirée. Un père artiste mais lâche, qui disparaît et vous laisse le soin de décréter sa propre disparition. Une mère qui vous entraîne à ses côtés vers le mur de la mort. Où est l'étincelle de vie ?

Le patron du café de la Mer, bras encombrés de baguettes de pain pour ses légendaires sandwichs aux sardines, la salue d'un tonitruant « Hé, la Douanière, t'as du goût ? ». Elle repousse la tentation du verre de trop. Pas en public. Ses compagnons de dérive l'attendent dans le jardin anarchique avec leurs sourires de tôle. Quand la tête leur tourne, ils trinquent avec le vent du large.

Chemin des douaniers, chemin de croix. Elle a compté quatorze stations où elle peut se reposer quand sa hanche, comme ce soir, la travaille. Rochers plats, blocs de granite, bancs, rebords de murets et même un vieux calvaire caché dans un buisson de céanothe rampant où elle fait halte.

Katell doit valser dans les bras de l'homme aux belles épaules. Elle, elle n'est pas vraiment entrée dans la fête. Son avenir serait-il d'être l'éternelle décalée, la Douanière des tourniquets, la femme blessée à vie, l'autoproclamée orpheline ?

Sous ses doigts le granuleux de la marche du calvaire, sous ses yeux l'étonnant indigo du buisson, au loin l'océan qui vibre sous la lune. Si elle ne se lève pas à l'instant, les sorcières des landes vont la métamorphoser en gisante de pierre dans un cercueil de céanothe, là, au pied de la croix.

Elle s'arrache aux idées sombres, pousse un cri à déclouer le Christ et file en claudiquant vers sa maison.

À l'instant où elle pousse la barrière du jardin, un coup de canon fait vibrer le mobile du grand mât. Le tir est parti du musoir de la jetée. Le feu d'artifice va commencer.

Assise devant l'atelier, en main une bolée de cidre, elle attend que le ciel s'illumine, ferme les yeux, les ouvre, et ainsi de suite jusqu'à ne plus faire la part entre ce qui fuse vers les étoiles et ce qui jaillit dans sa tête.

Cloîtrée dans l'établissement de réadaptation, elle faisait de même avec les feuilles du tilleul qui bruissaient devant la fenêtre de sa chambre, cligner des yeux à toute vitesse pour que le réel et l'imaginaire ne fassent qu'un.

Un bouquet de soleils mauves s'incruste sous ses paupières. Tout devient possible. Elle ira à Tallinn régler ses comptes à Toomas Espérance-Luutos, lui enlever l'envie de jouer à cache-père sous des noms d'emprunt, de disparaître-réapparaître selon son désir. Si argent de l'héritage il y a, elle le dilapidera avec Léa qu'elle rêve d'accompagner au Rijksmuseum, au Prado, au Guggenheim de Bilbao, au Belvédère de Vienne.

Leurs hôtels seront de rêve, les balcons des chambres domineront les villes, au creux des lits profonds tous les chevaux de la reine viendront y boire, au matin frémissant on leur servira sur un plateau d'argent des fruits exotiques, des gâteaux aux amandes, des pâtisseries d'Orient, des cafés si corsés que leurs cœurs battront la chamade et leurs ventres couleront d'amour sur des draps de lin aux teintes pastel.

Les bulles du cidre que l'été dernier, caniculaire, a fait monter en degrés fouettent son sang d'une énergie euphorique. Femme druide d'un Brocéliande de ferraille, elle apostrophe ses tourniquets comme on compte son armée avant la bataille, les nomme par leurs couleurs tournantes, salue la lune verte, les pales turquoise, le moulinet jaune flamboyant, les rosaces polychromes, s'en va dans les allées, décroche l'hélice aux sept couleurs de son support, continue jusqu'à l'étrave des rochers.

La musique lointaine s'enroule aux claques du ressac. Elle s'étire vers le ciel redevenu calme, arme son bras et, d'un geste de guerrière, envoie dans les airs l'hélice arc-en-ciel qui longtemps plane au-dessus des flots, annonçant aux pêcheurs de la Baltique l'arrivée imminente de Louna Brudsky, fille d'Espérance alias Toomas Luutos.

C'est peu après minuit qu'elle se décide à annoncer à Lukas qu'elle l'accompagnera à Tallinn.

Des flèches de feu jaillissent des dalles rocheuses, la vallée s'enflamme, le soleil de midi griffe la face sud de la Meije. Ventelon s'illumine, la façade en mélèze du chalet vire ocre sang.

Derrière les vitres, la lumière lisse le visage de Lukas, gomme les rides de son regard montagnard, plaque aux joues un demi-masque blanc. Grimé de clarté, corps tendu en déséquilibre au bord de sa chaise, on dirait qu'il va entrer en scène aux côtés de la trapéziste des *Ailes du désir*. Mais aucun fond sonore ne l'accompagne, le rockeur du film s'en est allé sans voix rejoindre son fantôme de fils. Les infimes craquements des vitres surchauffées remettent Lukas dans la réalité du jour.

Depuis sa blessure à la main droite, à défaut de pouvoir grimper, dès qu'il peut il capte l'énergie du soleil.

Le jour de l'incident, un cristal à facettes pointait son nez vert jade à l'aplomb d'une roche croûtée, celle dont on dit dans le milieu des cristalliers que les diables l'ont piétinée pour que les grimpeurs s'y rompent les os.

La seule façon d'extraire le cristal était de contourner l'entaille et de la travailler en surplomb avec la pointe d'un crochet. Enchaînement des gestes, carre interne du pied, jeté, prise arquée sur un court passage lisse. Ses doigts de la main droite n'étaient pas dans l'axe de la tension, claquement violent, douleur vive, rupture partielle de poulie de l'annulaire. Plaqué à la roche, boosté par l'adrénaline, il a continué son ascension, retrouvé l'itinéraire de descente. Quand il s'est redressé, un essaim de frelons s'est élancé dans les veinules de sa main jusqu'aux tendons fléchisseurs. Dans un brouillard, il a pensé hydratation insuffisante, cumul de fatigue.

À aucun moment il n'a accusé la roche écaillée ou insulté la montagne, il s'est simplement dit que sa main droite, qui n'avait pas été capable de retenir le poids d'un enfant lézard, lui rappelait à nouveau sa vulnérabilité.

Tant d'escalades en solitaire, tant de défis, tant de cris aux vents des glaciers pour se retrouver au pied d'une falaise aussi démuni qu'une marionnette sans fil.

Il s'est forgé une cuirasse de certitudes et pense que tout ce qui peut lui arriver de mal ou de bien vient de lui, seulement de lui. Il est responsable de ses angoisses, de sa tristesse, de ses joies, de ses ivresses. Ses émotions naissent d'une alchimie intime, comme s'il flottait dans un liquide amniotique sans qu'aucun cordon le rattache à un quelconque élément nourricier. Je suis acteur de mes propres dérives, de mes espérances et ma seule attache au monde est Léo, prolongement de moi-même, pense-t-il.

Le soleil décline, les ombres portées creusent la citadelle de granite. Rimayes, séracs, fissures, éboulis la rendent hautaine, belliqueuse, prête à croiser le fer avec les crampons de ceux qui veulent l'asservir. De ce face-à-face grandiose, Lukas tire son énergie vitale.

Près de la cuisinière à bois, sur le bureau aux tiroirs sculptés de rosaces, à côté des topos d'escalade, un dossier bleu. Pour l'étiqueter, il a hésité entre « Tallinn » et « Estonie », a choisi « Héritage », sans se douter que ces innocentes syllabes ont une puissance égale aux avalanches dévastatrices qui emportent les refuges d'alpage.

La lettre de Maître Jakobson était restée plusieurs jours à la poste de La Grave, le facteur n'ayant pas de Brudsky dans sa tournée. En apprenant qu'Espérance n'était pas seulement un prénom, il fit le lien avec le guide de Ventelon.

Contrairement à sa sœur, Lukas n'emploie jamais le nom de sa mère, il est un Espérance, fils d'un homme disparu dans une jungle hostile. Aujourd'hui, il semblerait que cet aventurier soit revenu d'un Grand Nord rebaptisé Estonie, chargé de cadeaux mystérieux, avec sa façon baroudeuse d'être là sans vraiment y être.

Passé la surprise de cet écho d'outre-tombe, il s'en désintéressa. Les temps étaient autres.

Mais la lettre de Louna arrivée en même temps l'agaça. Elle s'accrochait à l'irruption de ce père prodigue. Qu'espérait-elle ? Renouer avec son histoire familiale ou aller à Tallinn pour l'enterrer définitivement ?

Leurs premiers échanges furent ombrageux. Lukas préférait que chacun continue de se débrouiller avec son passé, sans chercher à recomposer une famille imaginaire. À bout d'arguments, sa sœur lança une phrase choc :

– Toi qui es un père meurtri, tu es aussi un fils abandonné, non ?

Il raccrocha, furieux qu'elle mette en parallèle la disparition de son père et celle de Léo.

D'autres lettres de Tallinn relancèrent le débat. Le notaire insistait : étaient-ils prêts, oui ou non, à signer le contrat de révélation ? Ils tombèrent d'accord du bout des lèvres, sans s'expliquer ce qui sous-tendait leur consentement et se laissèrent vingt-quatre heures avant une réponse définitive.

*

Lukas délaisse la chaise qui lui casse le dos, s'essaie de son bras gauche à quelques tractions sur une réglette fixée au mur. L'effort pulse le sang jusque sous le pansement qui bloque son annulaire droit. Il jure.

Devant lui, un bon mois sans course.

Coup d'œil à son bureau. Le dossier bleu le nargue. Il feuillette les chemises bien rangées : « Naturalisation », « Francisation », « Acte de naissance », « Contrat de révélation », « Maître Jakobson ».

Ira, ira pas ? On le somme de décider. D'autres mises en demeure lui viennent en mémoire. Affligeantes.

À la mort de Léo, les services municipaux lui intimèrent, lettre d'huissier à l'appui, de mettre en terre son enfant alors qu'il voulait déposer son corps dans une faille du glacier du Grand Pic, pour une éternité blanche. Tout était prêt, l'équipement de haute montagne, le harnais pour maintenir la dépouille de Léo dans son dos, ça n'aurait dérangé personne. Il dut se plier au triste rituel d'enfouissement dans une terre lourde et grise. Son cœur saignait de colère.

On lui octroya un rectangle de pré caillouteux dans le petit cimetière de Ventelon clôturé d'un muret de lauzes. Il envoya balader les terrassiers et creusa lui-même la fosse, à l'ancienne, pelle et pioche. Tranchant du fer contre cailloux, les coups résonnaient jusqu'à La Grave. Les guides du bar levaient les yeux vers l'homme indompté qui affouillait en solitaire la montagne pour y enfouir son fils et son désespoir – « pour expier », disaient ceux qui pensaient connaître les circonstances de la chute de Léo. Mais qui pouvait savoir la vérité du drame ?

Le cercueil était de pin arolle, un arbre immense aux rameaux bleutés, refuge du casse-noix moucheté qui cache les graines des cônes carminés sous des souches, puis les oublie. Léo adorait les histoires d'arbres et d'oiseaux, il pouvait rester des heures à l'affût des va-et-vient d'une mésange charbonnière qui nourrissait ses petits, savait dans quelle futaie se regroupaient les palombes à l'automne, saluait d'un geste amical l'immense mélèze doré qui surplombait le village.

C'est en sculptant un chocard des rochers pour décorer le cercueil que Lukas comprit que ce geste d'amour était inutile. Il arrêta de travailler la figurine rayée de blanc. La dernière demeure de Léo, fût-elle embellie de ses symboles préférés, ne serait pas sous ses pieds. Son esprit échapperait à la terre boueuse qu'on lui imposait, son nouveau monde serait aérien, limpide, son père lui ouvrirait la voie de l'indicible clarté des sommets éternels.

Il se mit à grimper en solitaire à la recherche d'un cristal de légende, guettant à chaque allonge de son corps le frôlement des ailes du désir.

Il dériva longtemps, perdit femme et amis, mais trouva la sérénité de ceux que le monde d'en bas indiffère.

Il va faire quelques pas au-dehors, puis appellera Louna.

D'un pas allongé, il prend la route de La Grave. Un quart d'heure de descente par des raccourcis pierreux. La nuit de printemps est eau de source. Une myriade d'étoiles salue les Écrins. Passé la passerelle du torrent des Clos, le chemin se redresse.

Il ne saurait dire la dernière fois qu'il a poussé la porte du bar des Guides. Les coureurs de haute montagne, étonnés de le voir, hocheront la tête pour ne pas le brusquer, comme on salue un qui revient de guerre. Ce sera à lui de parler en premier. Pas de grands mots, juste : « Emilio, un petit café s'il te plaît ! » Il s'adossera au comptoir, annoncera simplement qu'il va quitter Ventelon pour quelque temps. Dans la vallée, qui veut se taire se tait, mais malgré tout on s'informe, on se tient solidaire.

Jacky, avec son visage d'Inca, lancera une blague mais ses yeux, droit dans les siens, lui souhaiteront la bienvenue. Ensemble, ils ont fait les plus belles courses du massif, sans clients, pour le plaisir de progresser comme des funambules sur les traces du mythique Rébuffat le long de la face nord du râteau des Écrins. Que du plaisir, que de l'amitié.

André de Val-des-Prés, gardien à la belle saison du refuge de l'Aigle, le site le plus extraordinaire de l'Oisans, lui dira que, s'il revient fin avril, il pourra s'inviter pour la fête de l'ouverture.

Personne ne lui demandera pourquoi ce retour dans la vie de la vallée, ni comment va la santé. Les conversations reprendront. Qui comprendrait son histoire d'héritage ? Le sujet est tabou. Le moindre pré de fauche ou bois d'acacias, la moindre bergerie que les avalanches ont épargnée restent inscrits en lettres indélébiles au fronton du patrimoine familial. Les mésalliances se taisent comme des maladies honteuses.

*

Quand il pousse la porte du bar, le silence est inhabituel. Il hésite. De derrière le comptoir, la voix cassée du vieux Pascal, yeux rivés à la télé :

– Ferme derrière toi, Lukas, fait frisquet !

Il balaie la salle du regard. Personne d'autre. Rien n'est comme il l'avait imaginé. Il s'assied sur un tabouret, salue d'un timide « Ben voilà, je suis passé, comme ça ». Friture sur l'écran, le vieux râle, tripote la commande, éteint, soupire, va au percolateur préparer un café.

– C'est ça que tu prends, hein ?

Lui se sert une fine à l'eau, regard perdu dans les

rideaux aux carreaux rouges. Rien de plus, comme si Lukas n'avait cessé de se pointer tous les soirs au bar avant d'aller se coucher. Une poignée d'années d'absence rayées en quelques minutes. L'amitié vraie.

Dans sa jeunesse, Pascal était guide de haute montagne. Un petit gabarit agile comme un chamois. Le soleil des quatre saisons a griffé son visage, l'âge a tassé ses épaules, mais son nez droit et le mince trait de ses yeux clairs le font rusé.

De sa voix râpée il déroule à la va-vite une pensée chamboulée par un trop-plein de révolte :

– Emilio est allé avec les gars du bar prêter main-forte à ceux qui accueillent les migrants à la frontière du col de l'Échelle. L'hospitalité des montagnards ça existe, nom de Dieu ! Et les autres, les salauds qui bloquent le passage ! J'ai bien retenu ce que veut dire leur saloperie de drapeau « Back to your homeland », ils ont traduit à la télé. Ça va chauffer, ceux de la « droite identitaire » comme ils se nomment vont le sentir passer, les guides ça sait manier les poings, les piolets s'il le faut. « N'ayez pas peur, je leur ai dit, moi je suis trop vieux, mais faut pas parlementer avec ces types-là. » Il y aurait aussi deux femmes avec des enfants, la nuit là-haut ça gèle pour de vrai, si t'as pas les bonnes chaussures, adieu tes orteils. Les salauds ! Et les gendarmes qui les regardent de loin !

Il reprend son souffle. S'est-il vraiment adressé à l'homme de Ventelon ? Lukas ne sait rien de cela, les rumeurs du monde ne l'atteignent plus. Dans l'harmonie de pierre de son territoire sans limites, la vie est un continuum entre le réel et l'illusion et aucun douanier ne vient contrôler les frontières de son pays de chimères.

Il tente d'annoncer son possible départ :

– Je voulais dire… enfin à ceux du bar… tu leur diras que si ça se trouve je devrai partir quelques semaines, oui… comme ça, et…

Des mots si lourds qu'ils s'abîment dans une crevasse ouverte dans le plancher du bar. Il reste à tourner la cuillère dans sa tasse. Le vieux Pascal contourne le comptoir, ajuste son béret d'un coup de pouce, relève la tête. Toujours en colère, ses mots se bousculent :

– Cet hiver, un du Mali, épuisé, gelé, est venu direct ici, on l'a aidé à boire un vin chaud, pas la force de tenir son verre. Il balbutiait : « Mauvaise sécheresse… mauvaise faim… mauvais passeurs… j'ai pas choisi… mauvaise montagne… mauvaise montagne… », il répétait : « J'ai pas choisi. » Il tremblait de tous ses membres mais son regard restait planté dans le mien, droit, fier. Il était triste de la vie, pas de lui. Son corps gelé, c'était le destin, lui n'était pas responsable d'être né dans un pays pauvre. Quand les mauvais dieux auront choisi une autre cible, c'est sûr il se remettra debout comme avant et repartira.

Il retourne derrière le comptoir, s'installe sur un tabouret de bar, face à Lukas qui ne sait que répondre.

Une pendule à la gloire de la gentiane des Alpes tic-taque, le silence s'éternise.

L'autre a encore à dire, tête à contre-jour. De sa bouche masquée par l'ombre sort une voix de l'ailleurs :

– « Mauvaise montagne », qu'il répétait ! Les guides y vont plus franc, « Saloperies de crevasses, pourritures de névés, crevures d'avalanches ! » Respecter les forces obscures de la montagne, ça n'empêche pas de leur envoyer dire direct ce qu'on en pense. Ouvrir ta gueule, ça te libère d'un trop d'énergie négative, d'un trop de remords, tu comprends, Lukas. Accuser la montagne, ça te place dans le camp des hommes mortels, sans prise sur le destin. C'est aussi te débarrasser de ce que tu crois être de ta responsabilité et qui te ronge. Ça t'évite les envolées d'orgueil et de te prendre pour un dieu que tu n'es pas, alors tu peux rester en paix avec toi-même.

Lukas reçoit en plein visage le tutoiement final de Pascal. Il comprend : cet orgueilleux qui se prend pour un dieu, c'est lui, le père de Léo.

Quart de tour vers la bouteille de cognac. Lukas se sert un fond de tasse :

– Merci. Ce soir j'avais besoin d'être deux.

Tant de temps sans alcool. Chaleur immédiate dans les veines.

Le vieux Pascal est reparti à tapoter la télécommande. Entend-il les mots de Lukas ?

– Tu peux leur dire qu'ils ne s'inquiètent pas si mon

chalet reste vide quelque temps. Il paraît qu'on m'attend en Estonie. Ils n'ont qu'à chercher sur une carte.

L'horloge lâche douze coups secs. Les aiguilles se chevauchent. On est déjà demain. Lukas reprend, sans trop comprendre qui lui dicte cette phrase :

– Tu sais, pour Léo, c'est peut-être autre chose que ce qu'on dit dans la vallée. Allez, salut !

– Attends ! Quand tu reviendras de ton pays inconnu, je serai à l'hosto à Grenoble. Une saloperie au foie. « Mauvaise maladie », dirait l'ami du Mali. Après, va savoir... Je te l'ai jamais dit, mais souvent, de la fenêtre du bar, je te suis dans tes ascensions, aux jumelles. Tu portes ta chemise sur les voies les plus folles de la Meije, comme un drapeau de la désespérance. Pour ton retour, tu verras, elle virera au rouge espérance. Bon vent, petit !

La porte claque derrière Lukas.

Sur la route, il chante. Pour Léo.

Ce n'est pas sa paternité qui l'inciterait à rejoindre Tallinn, plutôt sa filiation. L'héritage, ça tient des deux.

Il va appeler Louna. Au milieu de la nuit, elle doit être chez elle.

Tandis qu'à Tallinn Maître Jakobson se prépare à accueillir les deux Français, avant de les rejoindre, Stig s'en va à Stockholm saluer ses parents.

Le printemps a réconcilié le jour avec la nuit. On se salue entre inconnus, l'ébauche d'un sourire, un rien de regard. Une renaissance naïve bourgeonne au cœur des arbres et dans celui des hommes.

Depuis sa mission en terre estonienne, il n'a pas donné de nouvelles. Son père ou sa mère s'en inquiètent-ils ? Leur attention est distanciée, critique. Sous le costume classique de leur fils, ils repèrent les oripeaux de l'artiste saltimbanque. À son âge, quand on fait partie de l'étude de Maître Lindberg, meilleur notaire de la place de Stockholm, on se doit de fonder une famille plutôt que de fréquenter les pistes de danse du Slakthuset, comme on le leur a rapporté. Il faut peu de chose pour que leurs relations s'enveniment, mais pour le repas des soixante-cinq ans de sa mère, il s'est promis de faire profil bas.

Il est passé à la pâtisserie Vete-Katten et porte avec la délicatesse d'un enfant de chœur une prinsesstarta au dôme en pâte d'amande verte coiffant une génoise recouverte de chantilly. Ce qui se fait de mieux comme dessert dans la tradition familiale.

Rasé de près, cheveux mi-longs sagement plaqués, veste en tweed marron, il a mis tous les atouts de son côté.

L'agencement des pièces et leurs décorations sont d'un ennui mortel, pense-t-il en montant les escaliers de la petite villa de l'île de Lidingö. Sûr qu'ils ne connaissent pas Ikea, mais, après tout, ce sont eux qui vivent entre le buffet à dessus de marbre vert et les fauteuils beiges à haut dossier.

L'unique singularité de la villa est la litet rum, la chambrette au bout du couloir central. Son père y a monté un immense réseau ferroviaire qu'il continue à alimenter en locomotives, wagons, matériel roulant des années 1950. Lui seul a la clef de la petite chambre où, au milieu d'une forêt noire en carton-pâte, des convois se croisent, s'arrêtent le long des quais d'une gare miniature, repartent après toute une série d'aiguillages à l'assaut de tunnels de montagne. Le passe-temps paternel tient plus du hobby monomaniaque que de la fantaisie créatrice.

Enfant, Stig ne pouvait entrer dans le saint des saints qu'accompagné, mains croisées dans le dos.

Émerveillement et interdit, double contrainte propre à cadenasser sa spontanéité.

Le vin de Gotland, un peu lourd, délie les langues. Stig se lance dans le récit épuré de son travail entre Narva et Tallinn, sans prêter attention au visage de son père qui s'allonge et se pince comme un sifflet de chef de gare.

– Je n'ai pas bien suivi ton histoire d'Estonien-Français mort dans deux pays différents à la même date mais, dans ton dossier généalogique, que font des tableaux cachés dans un blockhaus de la forêt estonienne ? Un héritage, c'est transmettre un bien immobilier ou mobilier que l'on possède, pas un bien aux origines douteuses qui ressort un beau jour par magie. Les Frères de la forêt des pays baltes, ton grand-père n'en disait pas que du bien. On l'a vu quand certains se sont réfugiés en Suède, il y avait de tout là-dedans : des collabos du régime allemand, des communistes déçus, des profiteurs, des…

– Des agents doubles, des petits mafieux, des fanatiques, oui, je sais ! Facile de dénigrer les forces de résistance d'un pays occupé ! Le grand-père, lui, sa morale à géométrie variable ne l'empêchait pas de conduire les trains suédois jusqu'aux minerais qui alimentaient les usines du Reich ! Tu as peut-être même la loco de l'époque dans ton réseau de la litet rum !

Le père vire au blanc, la mère tente une diversion en

proposant un deuxième tour de prinsesstarta. On ne crie pas dans cette famille, le ton s'abaisse et roule comme un torrent qui s'étouffe dans un goulet.

– Ton grand-père, je te le rappelle, c'était mon père. À ce que j'entends, tu n'as pas hérité de nos valeurs…

Stig le laisse poursuivre.

– Le respect de ceux qui t'ont précédé en est la principale.

– Je connais tes principes piétistes : « Il faut accomplir ses devoirs envers les dieux, les parents, la patrie. » Les temps ont changé, vois-tu, l'orthodoxie des religions n'a pas bonne presse, les trains ne marchent plus à la vapeur et les fils ne sont pas forcément fiers des actes de leurs ancêtres. Ce que je te raconte de mon séjour en Estonie n'est pas une succession de faits pour remplir les cases d'un arbre généalogique, ce sont des à-côtés de vies qui balisent l'itinéraire non pas d'un héritage, mais d'une transmission. Derrière ces tableaux est inscrit à la main : « L'Espérance est ma patrie », cette maxime devrait te plaire. Il y a une majuscule à « Espérance », c'est un nom propre, le nom de celui que je cherche. Cet homme a voulu rassembler sa descendance après sa mort, sans injonction morale, juste des couleurs sur une toile, et les enfants diront s'ils sont d'accord pour accepter cette main tendue dont sans doute ils n'ont pas connu la tendresse.

Son père s'est penché pour mieux entendre sa tirade. Ses cheveux d'un roux éteint barrent son front. Les yeux de son fils se sont embués lorsqu'il a prononcé la dernière phrase d'une voix lourde, comme si le mot « tendresse » n'avait pas sa place dans la salle à manger familiale.

Dans la cuisine, la mère suspend ses gestes. Le goutte-à-goutte du filtre à café dans le pot de verre couvre les respirations. Aucun des hommes ne reprend la parole.

Stig voudrait dire à son père que la rationalité d'une recherche successorale conduit à la sécheresse des sens et que le dossier qu'il a ouvert au nom d'Espérance est un filet de vie qui n'avait plus coulé dans ses veines depuis sa première année aux Beaux-Arts. Dire aussi que Maître Jakobson lui-même l'a adoubé : « Continuez à être curieux, suivez vos intuitions », et qu'il sait à présent que l'on naît aussi de ce que l'on entreprend. Mais à quoi bon.

*

Dans le taxi du retour flotte un nuage de tristesse. Les passerelles générationnelles sont rarement jointées et les rendez-vous manqués entre père et fils sont légion. Quand le temps aura fait son travail, peut-être n'en restera-t-il qu'un souvenir indolore ou nostalgique.

Rien ne presse, son avion pour Tallinn décolle en toute fin d'après-midi.

Respiration nécessaire, il se rend au Nationalmuseum qu'il fréquentait avec un groupe de copains des Beaux-Arts avant sa rénovation. Ils se donnaient l'allure de rapins aux cheveux longs, pantalons de velours et vareuses usées, restaient des heures devant *La Dame au voile* d'Alexander Roslin, essayant de décrypter derrière l'écharpe noire son sourire de Joconde, admirant l'éclair ironique de l'œil cyclopéen, son éventail et son gantelet coloré. Les mystiques y voyaient une sœur officiante, les plus réalistes une intrigante et même, devant l'amorce de la rondeur d'un sein, une fille de plaisir. Ils couvraient leurs carnets de croquis qu'ils punaisaient sur les murs de leurs soupentes, avant qu'ils ne finissent dardés de fléchettes au cours de soirées arrosées.

Par la percée des fenêtres, la vue s'échappe, plonge sur le parc de Djurgarden et les îles de l'archipel qui voguent dans la brume printanière. À l'étage des expositions temporaires, au bout d'un couloir aux murs lilas une plaque dorée guide les visiteurs vers un espace thématique qui rassemble une dizaine de tableaux prêtés par les musées Leopold et Belvédère de Vienne.

À côté des Klimt période cycle d'or, quatre toiles et aquarelles aux traits enfiévrés et aux couleurs discordantes : Egon Schiele.

Sidéré, Stig reste figé devant deux textes anciens imprimés sur des plaquettes de verre.

À propos de Klimt : « Pour allonger son visage, il

porte ses cheveux en arrière et rejetés très haut au-dessus des tempes. C'est le seul signe qui pourrait donner à penser que cet homme est un artiste. »

À propos de Schiele : « Ses nus et ses portraits manquent étrangement d'émotions et il est douloureux de voir tout le mal qu'il se donne pour essayer d'en venir à bout. »

Par ces pirouettes sémantiques se moquant des critiques de l'époque, le musée rend hommage aux rebelles sécessionnistes qui défiaient l'académisme viennois dans les années 1900.

Trois personnes seulement dans la pièce haute de plafond.

Un jeune homme et sa compagne en admiration devant *Le Baiser* de Klimt, une huile sur toile où un couple campé sur un parterre de fleurs pointilliste, lui penché debout, elle agenouillée tendue, s'embrasse dans une débauche de touches dorées et de coulées psychédéliques. De quoi rassurer les amants de la pérennité solaire des étreintes amoureuses.

Une femme de fière allure, chapeautée et gantée, perplexe devant un *Nu à genoux* d'Egon Schiele, autoportrait squelettique clouté de la toison noire du sexe, membres et torse aux chairs terreuses, mains aux doigts effilés avant d'être disséqués. Fascinée par l'homme mis à nu au-delà des apparences, elle s'éloigne de l'aquarelle sur papier comme on fait un pas de côté devant une scène indécente.

Stig s'approche des autres tableaux d'Egon Schiele.

Un nu masculin, composition tronquée, tout en plis, nodosités, marbrures et dislocation, à l'encontre du corps idéal de l'esthétique classique.

Deux toiles accrochées face à face : une femme accroupie, demi-vêtue, corps masculin contredit par le triangle noir du sexe ; l'autre agenouillée, le bas du corps ceint d'une étoffe, chair caressée de touches roses, visage étonnamment serein.

Il apprécie l'intensité du peintre. Depuis la découverte des tableaux dans la pièce en sous-sol de l'étude Jakobson il y a bientôt un mois, il a plongé dans le Net, lu et vu tout ce que l'on pouvait écrire, dire, montrer sur lui. Les tableaux de la succession Espérance ne font pas appel aux démons pulsionnels égotiques de l'artiste, ils révèlent plutôt sa touche de coloriste provocateur, ami des peintres de la Wiener Werkstätte.

Pourquoi Toomas Luutos a-t-il légué à ses enfants deux tableaux si éloignés de la patte iconoclaste du peintre ? Est-il responsable ou innocent de ce choix ?

Louna, Lukas, il ne s'est pas encore habitué à ces nouveaux prénoms.

Après la sélection des deux cent cinquante-deux prétendants à l'héritage, quand il ne resta que la sœur et le frère Espérance sur la liste, Maître Jakobson confirma que leurs prénoms étaient bien ceux inscrits sur les feuilles collées à l'arrière des toiles.

Attablé chez Maiasmokk devant un kringel à la cannelle, il souriait comme le vieux notable madré qu'il était, heureux d'avoir su garder les atouts en main pour les dévoiler in fine devant son jeune confrère obligé.

Stig s'amusa de ce stratagème digne d'un feuilleton du siècle dernier où l'intrigue devait tenir en haleine le lecteur jusqu'au mot « fin ». Jakobson était un des derniers dinosaures de sa profession capables d'étayer un dossier complexe, en développant une stratégie à énigmes plutôt que de s'appuyer sur les avancées de la généalogie génétique contemporaine.

Il s'approche du tableau de la femme accroupie, jusqu'à deviner sous l'éclairage de biais le relief lissé des aplats de couleurs et le mordant du trait noir qui cerne le corps.

Aimantés, ses doigts frôlent la toile et il reste une éternité, cinq secondes qui échappent aux caméras de surveillance, en symbiose physique avec Egon Schiele, compagnon de voyage pour les jours à venir.

Un saut chez lui avant de rejoindre l'aéroport de Stockholm-Arlanda. Il délaisse son costume notarial pour une tenue décontractée, veste en toile bleu clair, léger pull en V et jean. Ses clients sont des gens simples, une artiste de la côte bretonne, un cristallier des Alpes.

Dans sa tête, des notes aigrelettes l'accompagnent : « Sepapoisid, Sepapoisid… »

La plainte plonge dans les graves. Beuglement de corne de brume d'un paquebot de croisière, haut comme un immeuble, qui entre dans le port de Tallinn.

Assise sur un banc du boulevard Rannamäe, lieu de rendez-vous certainement le moins romantique de la ville, Louna sursaute. Pas de doute, elle est loin des barques qui dansent le long du quai Jean-Bart à Binic.

Elle a rejoint Lukas à Paris, puis ils se sont envolés, Charles-de-Gaulle, Francfort, Tallinn, comme deux voyageurs anonymes réunis par le hasard des correspondances. Il a l'élégance des fous d'escalade à mains nues, cheveux longs noirs, visage émacié, boucané par le soleil d'altitude. Dans ses yeux, des éclairs pâles.

Il laisse son sac au pied du banc, va se dégourdir les jambes vers les docks, râlant contre les monstres des mers et le retard du notaire. Il s'adosse à la palissade d'un chantier.

Le paquebot déverse ses passagers. D'escale en escale, ils ne savent plus si le bracelet d'argent pour la cousine vient d'une échoppe de Saint-Pétersbourg, d'une boutique de Stockholm, d'un bijoutier de Riga ou d'un vendeur de rue à Gdansk. Leur badge à la poitrine du *MSC Poesia*, treize ponts, deux piscines, six restaurants, fait office de passeport.

Ils passent devant lui, excités, pressés de goûter aux bières locales et de dépenser leurs euros. Dans le flou du regard de Lukas s'invite le réfugié sans papiers de Briançon. «J'ai pas choisi ! » répétait l'Africain. La liberté n'est ni un étendard ni une déclaration, elle se résume en cinq mots simples : avoir la possibilité de choisir.

Réflexions sans hargne ni colère. Il est gardien de la mémoire des montagnes, pas de l'humanité. Être un gagnant ou un perdant de la comédie humaine n'est pas affaire de morale. Il jette sur les touristes un regard neutre. La réalité du monde d'aujourd'hui lui échappe.

Au rendez-vous du terminal de Roissy, il a cherché Louna. Depuis si longtemps. Boucles châtains, lunettes rondes, caban bordeaux, elle allait claudiquant. Ses yeux, pas de doute, c'étaient les siens. Enfants, ils n'aimaient pas qu'on parle de leur teinte si particulière, vert tilleul. Ils se voulaient différents, lui garçon, elle fille, il n'y avait rien d'autre à en dire.

Quand ils vendirent la maison des parents, elle confia à son frère qu'elle vivait avec une femme. Plusieurs mois après la mort de Léo, elle lui envoya une carte avec des fleurs, des immortelles des falaises. Il ne se souvient plus s'il lui a répondu.

Il s'arrache à ses pensées, rejoint le boulevard Rannamäe.

Louna parle à un inconnu, plutôt jeune. Le généalogiste sans doute.

Veste sur l'épaule, sac en bandoulière, Stig, essoufflé, explique son retard dans un français à peine heurté.

Lukas s'approche, prend la conversation en route.

– … l'avenue complètement bloquée, le bus a fait un détour par le sud, la ville prépare le défilé du Laulupidu, le festival estonien de la chanson. Une semaine fabuleuse tous les cinq ans, vous avez de la chance, c'est dans quelques jours.

– On n'est pas venus pour écouter de la musique, renvoie sèchement Louna.

Il secoue la tête, précise.

– Ce n'est pas un simple concert. Vingt-cinq mille choristes en habits traditionnels marchent de la vieille ville au Lauluväljak, une immense estrade couverte où ils vont chanter pendant des heures face à un parc pouvant recevoir deux cent cinquante mille personnes. Je suis suédois, je n'ai jamais trouvé une telle ferveur dans mon pays. C'est le symbole de la résistance de tout un peuple aux régimes politiques et dictatoriaux qui l'ont soumis depuis plus de deux cent cinquante ans ! Leur révolution chantante c'est la dignité, la liberté retrouvées !

Agacée par le débit enthousiaste de l'homme, Louna, qui ignore tout de l'Estonie, lâche :

– Qui avait intérêt à envahir ce mouchoir de poche ?

– C'est un petit pays, vous avez raison. Qui ? Leurs voisins, l'Allemagne nazie et la Russie soviétique. Si Toomas Espérance-Luutos vous a désignés post-mortem comme ses héritiers, c'est peut-être parce que les forces d'occupation l'ont empêché de le faire de son vivant.

Il reprend sa respiration, les fixe l'un après l'autre, légèrement provocant.

– À moins que ce soit de son plein gré que votre père ait choisi de rester dans l'ombre. Pourquoi ? Il y a encore beaucoup d'inconnues dans votre succession.

– L'héritage, vous pouvez nous en parler maintenant ?

– L'endroit n'est pas propice, je vous conduis à votre hébergement, juste à côté.

*

Un boulevard à deux voies, des langues de pelouse, une esplanade qui s'étire vers le quartier nord et, en prolongement d'une centrale électrique réhabilitée accolée à une cheminée d'usine, un bâtiment de trois étages en brique et pierre grise, typique du début du XXe siècle, entouré de sculptures industrielles et de mobiles colorés. En façade, de larges ouvertures et les yeux écarquillés d'œils-de-bœuf.

– La Kultuurikatel, annonce Stig, en français on pourrait dire la Bouilloire culturelle, là où l'imagination bouillonne ! Des start-up de création dans le domaine artistique, des expos, des salles de conférences, des cafétérias et des restos. Vous serez logés tout en haut dans un des ateliers d'artiste, pleine vue sur la Baltique.

L'hôtel de charme avec rideaux nordiques aux croisées que Louna et Lukas imaginaient vient de se transformer en friche industrielle pour trentenaires branchés.

L'immense hall d'accueil de la cafétéria, murs de pierre brute et charpentes métalliques, pourrait abriter une locomotive et ses wagons. Aux tables de bistrot, des étudiants travaillent devant leurs écrans, discutent, rigolent, éclusent des bières. Visiteurs et professionnels se croisent dans un brouhaha de marché couvert.

Un couloir aux éclairages glauques de sous-marin serpente entre des salles d'expo, débouche sur un ancien atelier de production traversé de poutrelles rouillées, strié de réseaux de câbles centenaires et de guirlandes de leds. Le sol de béton ciré découpé en damiers vifs est ponctué de plots de métal noir coiffés de sculptures en céramique contemporaine.

Le trio s'engage dans un escalier en colimaçon aux marches de métal teintées bleu nuit. À l'étage, le sol en épais carreaux de verre laisse entrevoir sur les côtés l'entrée d'un auditorium, un café intimiste, un espace vidéo sur écran géant.

En sous-toit, une coursive éclairée de volutes en néon rose pâle. Au bout, trois portes métalliques. Stig pousse celle de droite, s'efface devant un immense loft sous verrière.

Des pilastres structurent l'espace. Un canapé et une méridienne rouge sang encadrent le comptoir d'une kitchenette. Sur les cloisons face à face, une chaise et une stricte armoire rectangulaire en bois sombre. Des stores à lamelles épousent la pente du plafond.

Louna et Lukas s'avancent jusqu'à la baie vitrée du fond. Étayée d'étançons métalliques, elle s'ouvre sur un balcon plein vent. Surpris par ce lieu extraordinaire, ils se tiennent ébahis à la balustrade, épaule contre épaule.

Du seuil, Stig regarde ce couple qui se détache face à la Baltique aussi bleu délavé que le ciel. Les enfants de Toomas Luutos, dont la trace se perd dans la forêt des Frères rebelles, sont austères. L'homme est distant, la femme exigeante.

Leur présence à Tallinn marque le début d'une affaire dans l'affaire. Comment vont-ils réagir à cet héritage imprévu – surtout que les tableaux d'Egon Schiele, il le sait depuis peu, pourraient provenir d'une spoliation datant des années nazies ? Arvo Jakobson va faire appel à des spécialistes dans la recherche d'œuvres d'art pillées dans les années 1940.

– En ce domaine, la France est en pointe, lui a-t-il dit. Une Française, Rose Valland, aujourd'hui décédée, à l'époque conservatrice à la galerie nationale du Jeu de paume à Paris, dépôt central des œuvres volées par les nazis, a répertorié en prenant tous les risques les transferts de tableaux vers l'Allemagne. Ses fiches secrètement conservées sont un matériel unique. Cette femme d'exception a permis, à la fin de la guerre, que des milliers de toiles et de dessins soient récupérés et rendus à leurs ayants droit. Mais d'autres œuvres, venant de ce que les nazis appelaient des « peintres dégénérés », ont été brûlées en juillet 43 ou subtilisées en douce par des dignitaires allemands au moment de cet autodafé, sans qu'une liste en soit établie.

Le portrait en pied de l'homme aux cheveux hirsutes tachetés de bleu roi et celui de la femme revêtue d'une étroite robe en patchwork multicolore sont-ils de ces tableaux pillés puis perdus ? Par quelles voies détournées ces toiles attribuées à Egon Schiele qu'Hitler, peintre du dimanche piteusement recalé en 1908 à l'Académie des beaux-arts de Vienne, qualifiait de « dégénéré », ont-elles abouti dans un blockhaus bouffé par les taillis d'épinettes des bois de Karmana dans le comté de Viru-Est ?

Lukas et Louna n'ont pas bougé, aspirés par le panorama de la ville qui étire ses quartiers le long de la mer.

Stig toussote, s'avance, allume les spots latéraux.

– Prenons un verre, puis je vous laisserai vous reposer. Il me semble qu'avant d'embarquer sur la Lufthansa, vous avez traversé la France en train, vous venant de l'Ouest, vous de l'Est, vous devez être fatigués.

Lukas toise le jeune Suédois avec sa veste ridicule, qui les a fait attendre et les a accueillis comme s'ils allaient partager une coloc.

Ce type m'oblige à cohabiter avec Louna, pense-t-il. La dernière fois que nous avons partagé une chambre, j'avais onze ans. C'était la veille de mon départ pour Briançon, notre mère nous avait autorisés à dormir dans le grand lit de la chambre d'amis, permission exceptionnelle. Nuit de chuchotements, du haut de ses treize ans, Louna me rassurait : je serais heureux, je n'étoufferais plus là-bas dans les champs de neige où gambadaient des marmottes, je disais : « Tu viendras, tu viendras me voir. » Et puis la déprime de notre mère, l'accident, les années qui passent, dénouant nos liens d'orphelins. Replonger dans le temps de mon enfance n'est pas ce que je souhaitais de mieux pour mon voyage à Tallinn.

– Hé, tu as entendu, Lukas ? C'est dans cet atelier qu'on va loger !

Il recentre son regard, bafouille :

– Ne t'inquiète pas, demain on avisera.

Stig a posé sur une table basse bières et jus de fruits.

– Il y a de quoi vous restaurer dans le frigidaire. Dans les armoires du mur, les lits escamotables sont confortables. La salle de bain sur la coursive est commune aux ateliers, inhabités en ce moment. Voilà pour votre hébergement.

Il fait quelques pas vers la baie.

– Vous êtes dans les quartiers nord, la vieille ville où se trouve l'étude est à deux pas. Sur votre droite en sortant, c'est Kalamaja, vieux quartier populaire en cours de rénovation avec des dizaines de lieux alternatifs.

Il prend le temps de sourire aux deux Français.

– Excusez cette avalanche d'informations alors que vous venez de débarquer, mais ce que je veux vous dire c'est que Tallinn est un territoire changeant, évolutif ou instable selon les points de vue. Les entrepôts de l'ère soviétique sont devenus des galeries d'art ou des cinémas d'avant-garde. Les lignes de front entre quartiers changent vite. L'Estonie est à l'image de sa capitale, mouvante, fluctuante. Avant de redevenir libre et européenne, elle a plié sous les jougs danois, germanique, suédois, soviétique. Le passé de votre père a été mouliné par ce brassage explosif. Sa succession est comme ce pays, iconoclaste.

Face à Stig, deux paires d'yeux fixes, du même vert pâle, indéchiffrables. Pour aborder les héritiers de Toomas Espérance-Luutos, il va lui falloir apprendre à lire dans les regards, accepter les silences.

Louna en premier, directe :

– Nous avons signé le projet du contrat de révélation de succession. La suite c'est pour quand ?

– Tout est enregistré, en règle. Je serai là demain vers dix heures avec Maître Jakobson. En toute logique c'est à son étude que devrait se dérouler cette rencontre, mais il pense, et vous comprendrez pourquoi, que cette révélation ne peut se faire que dans un lieu dédié à la culture. « Cet héritage, m'a-t-il dit, ne peut se dévoiler sous les moulures dorées de mon bureau. » Bonne soirée.

Sur ces mots il s'en va. Dans son dos, la porte claque comme la herse d'un cachot.

*

Ils se sont installés sur les chaises du comptoir pour partager le repas. De larges assiettes blanches avec saumon fumé, pot de crème, caviar d'esturgeon blanc, triangles de pain noir et une très chic carafe à vodka en cristal. Sur un carton gravé de l'étude Arvo Jakobson & Son leur souhaitant un agréable séjour, les premières paroles de l'hymne estonien : « Mu isamaa, mu õnn ja rõõm », que le notaire avait traduites de sa main : « Ma patrie, mon bonheur et ma joie. »

Ils ont mangé à petites bouchées, en silence, se demandant si cet accueil était le signe d'une grande élégance ou la face fardée d'une entourloupe à venir.

Lukas est allé à l'entrée. Non, ils ne sont pas enfermés dans un cachot de luxe. Il a repéré contre un pilastre un étroit placard gris tenu par de lourdes ferrailles en U, la porte cadenassée par deux serrures sécurisées. Sans doute le coffre de l'unité comptable de l'ancienne centrale électrique qui donne au loft une touche rétro.

Ils sont aux aguets, parachutés dans ce lieu qui ne leur parle pas. Elle cherche les senteurs iodées de la Baltique, lui un recoin où il pourra reposer ses yeux rougis par la clim des avions et calmer sa toux.

Ils s'installent, sacs délimitant a minima leurs espaces, éteignent les spots latéraux et la série de lampes au-dessus du comptoir. Elle calée au canapé, lui adossé sur la méridienne, ils font face à la baie jaunie par les lampadaires portuaires.

Fanal dans la nuit du loft, la voix de Louna perce le silence :

– Aux jours d'automne, du seuil de mon atelier, sur ma droite les lumières blanches du phare de Binic trouent le brouillard, plus loin à gauche la flèche verte du phare de Saint-Quay-Portrieux gomme la brume. Pour contrer les ciels bas, je sors mes pots de peinture rouge, jaune, bleu outremer et l'éclat des hélices de métal chasse la nostalgie.

Un ongle de lune raie un coin de la verrière. Long temps de silence. Lukas parle à son tour :

– Trois jours avant de prendre le train de nuit pour Paris, j'ai rejoint un fabuleux mur de calcaire dans le massif des Cerces, face à la Meije. Des prises techniques adaptées à mon nouvel équilibre, sans ma main gauche. Un pari fou. Des séries de jetés, de relances, j'aurais planté mes dents dans la roche s'il l'avait fallu. Comment je ne suis pas tombé, je l'ignore. J'avais la poésie d'un ami aux lèvres : « Je te parlerai toute la nuit / Et la lune ne pourra pas fermer l'œil. »

Une quinte de toux l'interrompt. Louna déplie une écharpe, froissement de tissu.

Le calme à nouveau. Leur esquif de brique et de pierre dérive vers le large, chargé de confidences cadenassées depuis tant d'années. Ce n'est pas encore un échange. Le dialogue sera pour plus tard.

Qui se lève en premier ? Des pas dans l'ombre jaune, l'éclair de la porte sur la coursive, l'eau dans la tuyauterie, des habits froissés.

Sur l'écran de la verrière, leurs imaginaires défilent, se mélangent, grandes marées et avalanches, tempêtes et ruptures de glacier. Ils vont aller à petits pas vers la réalité l'un de l'autre, s'apprivoiser, agencer les morceaux de leur histoire disjointe et, qui sait, un beau matin, ils se réveilleront frère et sœur et accepteront leurs regards jumeaux.

Dans leurs alcôves, ils ajustent leurs sommeils. Savent-ils qu'ils sont au cœur d'une capitale où mijotent des peuples incertains et des hommes équivoques ? La jeunesse estonienne qui s'éclate au bar Scotland Yard, les touristes des restaurants de la Raekoja Plats, la place de l'Hôtel-de-Ville, ne s'en soucient pas plus. Chacun vit dans sa bulle, se croyant à l'écart des soubresauts de l'Histoire, laissant aux doigts des anges ou à la main du diable le soin de sonner la fin de la récréation.

Réveillé à l'aube, Stig est descendu au Kohvipaus, un bar à quelques rues de la guest-house.

Ordinateur sur une table haute, double café, gâteaux à la cannelle, il zappe sur les infos locales, les mails urgents attendront. Le bar est désert, la serveuse qui s'ennuie lorgne son écran. Sur l'esplanade du chant des chorales des ouvriers installent des milliers de chaises et de bancs pour le festival Laulupidu.

– Trois cent mille visiteurs attendus cette année, pas mal ! Tu en seras ?

Tutoiement facile, voix éraillée.

– Je suis à Tallinn pour le travail, mais j'irai.

– Là, regarde, ces femmes qui s'entraînent pour le défilé viennent de Valga.

– Valga ?

– Tout au sud de l'Estonie, une ville qui s'étendait au-delà de la frontière lettone, qui a été scindée en deux et s'appelle en Lettonie Varka. Leurs jupes sont aux couleurs de notre drapeau, bleu et noir, leurs corsages rouges barrés de blanc, en rappel du drapeau de la Lettonie. Pourquoi tu rigoles ?

– Après les joies de Narva-Ivangorod, je découvre celles de Valga-Varka !

– Des villes jumelles et une chorale unique pour deux pays voisins, c'est beau, ça te dérange ?

– Excuse-moi, au contraire, je connais le problème. Chez moi en Suède, le fleuve Torneälven séparait deux villes, Haparanda la Suédoise, Tornio la Finlandaise, mais les alluvions du fleuve en s'appuyant sur une île ont fait se rejoindre les deux cités qui maintenant s'unissent par-delà les frontières. Mon père, né à Haparanda, ne décolère pas : pour lui, chacun doit rester chez soi, sa ville natale est suédoise un point c'est tout, son patriotisme n'est pas partageur !

– Chez nous tu as mieux encore : plus au sud-est dans le comté de Võru, le passage frontalier est triple, trois villes accolées, Misso l'Estonienne, Pededze la Lettonne et Palkino la Russe.

– Ça me plaît ces lieux qui contournent les identités !

– Si tu veux comprendre l'Histoire, décrypte les cartes topographiques.

– Tu maîtrises, dis donc !

– Je suis en troisième année de licence de géo. Et pour un tour à Misso, j'en suis, mes week-ends sont libres !

Pas le temps de répondre, la porte tinte, deux couples

interpellent la serveuse : « Hé, Marit ! », des copains étudiants de la Tallinna Ülikool, l'université de Tallinn.

Stig essaie de se recentrer sur le dossier Espérance-Luutos. Les derniers mails de l'étude pour son rendez-vous de dix heures l'attendent, mais cette Marit à la voix de country-girl, oreilles ourlées de piercings hélix, lèvres de rose mauve, l'intrigue. Elle est dans la lignée des femmes déterminées qu'il a croisées en Estonie : Kadi, la femme des bois qui choisit ses amants et va claquer la porte de l'auberge, Aliona de Narva, fidèle à sa famille et au marin de Kaliningrad. Les hommes aussi sont de solides figures : Marko, dieu de la guerre avec son fils Jaan, Anton et Andrus, les bûcherons receleurs, jusqu'à Arvo Jakobson et sa civilité à l'ancienne.

Ils n'ont rien d'exceptionnel, mais pour un généalogiste qui interroge des fantômes, c'est une grâce que de partager l'énergie des vivants.

Le premier mail est de son agence suédoise qui donne son accord à l'office notarial de Tallinn pour qu'il recrute un expert en peinture des années 1900.

S'ensuit un échange de courriels avec des spécialistes qui se défilent les uns après les autres. Les œuvres disparues d'Egon Schiele sont rares, sujettes à caution. Qui plus est, dans ce dossier estonien, les messages au dos des tableaux repêchés dans une forêt balte font planer la menace d'interminables procédures successorales internationales.

Une collègue de l'historienne Meike Hoffmann, experte allemande reconnue dans l'affaire du « trésor artistique de Munich » – plus de mille quatre cents œuvres d'art récemment retrouvées dans un appartement abandonné du collectionneur Cornelius Gurlitt –, a décliné l'offre sous prétexte d'un agenda trop chargé.

Un ancien officier de l'Art Looting Investigation Unit, l'Unité d'investigation des œuvres d'art spoliées, créée par l'armée américaine en 1944, spécialisé dans la recherche des personnes soupçonnées d'avoir participé au pillage des œuvres d'art, s'est également rétracté par crainte, vieille phobie des années 1970, de se faire piéger par une Estonie qui doit encore regorger d'espions russes.

Quant à la Russie, arc-boutée sur ses prises de guerre – des milliers de tableaux confisqués aux nazis dorment au musée de l'Ermitage à Saint-Pétersbourg –, elle n'a pas donné suite à la demande, le Kremlin faisant obstacle à toute intrusion médiatique dans ce qui serait susceptible de remettre en cause le récit national antifasciste.

Pour finir, une Française, Hanna Roberte, spécialiste de la base documentaire Rose Valland, historienne au musée du Louvre où sont rassemblés les tableaux des Musées nationaux récupération, a accepté l'invitation de Maître Jakobson.

D'autres jeunes ont rejoint les deux couples. Le bar est la base arrière des étudiants de la Tallinna Ülikool. On parle haut, on rigole. Marit s'active, jette des coups d'œil du côté de Stig.

Penché sur son écran qui scintille sous les plafonniers, il parcourt la lettre d'acceptation de mission de l'experte française : « Votre histoire est fascinante, tellement insolite, comme si Egon Schiele avait lui-même caché ces deux tableaux dans la boue glauque d'une forêt chimérique pour faire écho à la terrible réalité sociale et au mal-être de la Belle Époque viennoise. Schiele avait pour le monde minéral une fervente adoration doublée d'une peur atroce de son pouvoir de décomposition, cette cache dans un bunker terreux correspond donc d'une façon troublante à son désir incoercible de se fondre dans le magma tellurique tout en craignant jusqu'au fond de son âme et de ses os qu'il ne l'anatomise. Je vous suis reconnaissante de m'offrir l'occasion de mettre à votre service mon savoir-faire tout en me permettant d'aller au-delà d'une simple expertise : comprendre comment des toiles de ce Narcisse écorché sont devenues un siècle plus tard d'inestimables objets testamentaires à la provenance incertaine. Je me réjouis d'être bientôt à vos côtés. »

L'enthousiasme de cette femme suscite chez Stig une étrange résonance. Après avoir installé les légataires des tableaux dans un atelier de la Kultuurikatel, sa mission devait s'arrêter. Mais il n'a pas traversé l'Estonie d'est en ouest pour en rester là. Comme l'experte française, il veut en savoir plus.

Le message de l'homme né le 10 janvier 1918 s'adresse à ses héritiers comme à ceux qui suivent sa piste. Le vieux Jakobson l'a prévenu : « Ce n'est plus vous qui chercherez Toomas Luutos, c'est lui qui vous guidera. » L'homme mystère de Narva est un de ces insupportables géniteurs qui se permettent de s'absenter pendant cinquante ans et d'interpeller leurs enfants du fond d'un bunker comme s'ils revenaient d'acheter des allumettes, mais il est aussi l'archétype de ces paternels orgueilleux qui veulent régner sur leur descendance. Et, à titre personnel, Stig connaît le sujet.

Il se fait fort d'obtenir l'accord de Maître Jakobson pour poursuivre sa mission, à ses frais s'il le faut. De ce côté-là, pas d'inquiétude : si le dossier tient ses promesses, ses honoraires lui permettront de vivre largement pendant plusieurs années – un paysage d'Egon Schiele vient d'être adjugé pour vingt millions de dollars chez Sotheby's à Londres.

*

Les étudiants sortent à grand bruit. Battements de porte.

La serveuse tire un tabouret, s'installe face à Stig.

– C'est ton boulot qui te prend la tête ?

Ses yeux comme l'envers de miroirs sans tain, clair argent.

Il atterrit, répond :

– Des notes à mettre au point.

– Je peux savoir ?

– Pas très intéressant, des contrats de succession.

– D'héritage tu veux dire ?

– C'est la même chose.

– J'ai un cours sur l'héritage cartographique, passionnant. Tu apprends la transmission de l'idée du monde à travers les siècles, d'un imaginaire quasi poétique en Mésopotamie aux représentations d'aujourd'hui avec coordonnées GPS. D'une carte à l'autre, on retrouve toujours quelques traits du passé. Ça devrait te parler.

– Pourquoi ?

– Parce que les frontières fluctuantes t'attirent.

La stéréo mouline des standards de jazz. Marit va se servir un café, reprend sa place de l'autre côté de l'ordinateur.

– Tu es déjà passé dans la rue il y a quelques semaines, non ?

– Peut-être.

– Je servais en terrasse. Au milieu des touristes on ne pouvait pas te manquer, complètement décalé, sapé comme un directeur de cabinet ! T'as changé de look mais pas de visage !

Yeux rieurs en acier doux. Indéchiffrables.

– Tu veux dire quoi ?
– Un proverbe d'ici : « L'habit ne fait pas l'homme. »
Stig se redresse, sa veste lui paraît soudain trop bleue.
Elle reprend :
– Ne t'inquiète pas de ton look, la dernière fois que j'ai essayé de mettre l'incontournable petite robe noire pour séduire les parents de mon copain au réveillon du 31 décembre dernier, ça a été le bide intégral. La mère fixait mes piercings, le père reluquait mes genoux et lui, connement, ne disait rien, alors je me suis mise à boire ! Un désastre ! Fin de mes amours ! Suis rentrée seule, célibataire ! Pour te dire que même avec un déguisement, on reste ce que l'on est !
– Et je suis quoi à ton avis ?
– Un gars un rien trop sérieux mais attirant.
Sa main chargée de bagues sur la sienne. À peine effleurée. Il n'oubliera pas le cabochon rubis de son pouce.
Sauvé par le gong de la porte. Un groupe de touristes allemands.
Il plie bagage. Un petit signe à Marit.

Il remonte dans sa chambre, troque sa veste contre un pull marin en grosse laine, ébouriffe ses cheveux blonds, ricane devant la glace de l'armoire qui lui renvoie son air de grand dadais suédois.
En marchant vers la Kultuurikatel, il se remémore les points clefs du dossier, avec en arrière-fond la voix

enrouée de la fille du bar. Pas certain qu'un tel mélange de genres soit adapté à la pièce de théâtre qui l'attend au dernier étage du centre culturel. Il va falloir parler un français correct. À la fin de ses cours de français, le professeur terminait par des vers d'Aragon, « quintessence de la syntaxe », disait-il. Ils tombent à pic : « La pièce était-elle ou non drôle / Moi si j'y tenais mal mon rôle / C'était de n'y comprendre rien. »

Sur le canapé de l'atelier, écoliers attentifs, les enfants Espérance-Luutos finissent de lire le contrat de succession sous le regard de Stig, installé sur la méridienne voisine.

Les divans tirés dos à la baie entrouverte encadrent la chaise de Maître Jakobson.

Dandy d'autrefois en costume trois pièces pied-de-poule beige, dos droit, appuyé mains croisées sur sa canne au pommeau ciselé, il ferme les yeux sous les spots mal orientés, laisse filer ses pensées désordonnées…

Je ne connaissais que leurs photos d'identité, voilà que lui est grand et sec comme un coureur de fond avec une main bandée et elle avec un regard acéré d'artiste… Conçoivent-ils qu'hériter est un douloureux travail d'appropriation… « Ce que tu as hérité de tes parents, acquiers-le pour le posséder », j'écrivais ces mots de Goethe en tête de mes copies d'étudiant pour emmerder le prof de droit notarial, un russophone qui préférait les pensées de Marx… Le Suédois a fait du bon travail… drôles d'habits de marin ce matin…

Il étend ses jambes si lourdes.

Mes forces diminuent, j'entre dans le grand âge des désillusions… ou dans l'âge des grandes désillusions, amusant… Jaakob prendra la relève… il travaille autrement… n'est pas le genre à traîner sur le bord du lac Peipsi avec des bûcherons interlopes et des brocanteurs receleurs… est-il seulement allé une fois à Narva ?… Stig Nyman, lui, ignore les conventions de sa charge… il balaie le réel et la logique pour laisser place à l'imaginaire, au déraisonnable… il m'accompagne dans mon dernier tour de piste, c'est une chance…

Trois visages respectueux se tournent vers Maître Jakobson, qui toussote et reprend pied.

À gestes posés, Stig s'adosse au comptoir, annonce dans une phrase embrouillée et solennelle que « le contrat de révélation dans la succession Espérance-Luutos révélant uniquement la consistance du patrimoine puisque, en accord avec les notaires associés, l'identité du défunt a déjà été dévoilée, ce contrat donc vient d'être signé par les héritiers putatifs ici présents, la rémunération du généalogiste faisant l'objet de négociations ultérieures ».

Le notaire le fixe comme si le Suédois déclamait sur la scène du Tallinna Linnateater et, pour appuyer cette vision théâtrale, montent de la rue les flonflons de la fanfare de Pärnu, soulignant d'une volée de notes, trompettes et cymbales cuivrées, le moment clef où un notaire et son généalogiste s'apprêtent à dévoiler devant un couple d'étrangers hébétés deux tableaux exhumés de la mémoire du sous-sol estonien. L'éclairagiste solaire, synchrone, envoie à travers la baie des flèches dorées qui enflamment l'étroit placard contre le pilastre.

Tout est raccord, le dernier acte peut commencer.

Illusion, instant mirage, moment éthéré détaché de la réalité des lieux.

Qui sait, qui se rappelle qu'à trois générations de là, en 1940, les troupes soviétiques qui occupaient l'Estonie à la suite du pacte germano-soviétique commençaient une série de purges orchestrée par le NKVD, déportaient dans des camps de travail forcé des milliers d'Estoniens dont le président Konstantin Päts, fusillaient des milliers d'autres dont deux cents alignés face aux murs de la centrale électrique devenue aujourd'hui la Kultuurikatel ?

Qui sait, qui se rappelle qu'un an plus tard, brisant ce pacte, l'Allemagne envahissait à son tour Tallinn, la Wehrmacht étant reçue avec bienveillance par une population décimée par les Soviétiques, et que les SS torturaient les Juifs du pays à la prison Patarei, les pendaient aux poutres d'acier de la chaudière de la centrale électrique ?

Qui se rappellera dans quelques années qu'au troisième étage d'une friche industrielle transformée en Kultuurikatel, au cœur de Tallinn l'Européenne, s'est orchestrée une révélation intime pour une femme et un homme venus de si loin qu'ils ne pouvaient savoir que les rubans du paquet cadeau de l'héritage étaient rouge sang ?

*

Mise en scène bien réglée, d'un geste étudié Maître Jakobson tend sa carte de visite marquée d'un code chiffré à Stig qui, sans un mot, va ouvrir la porte du placard gris. En fait une armoire forte prise dans le pilastre où les tableaux ont été déposés en secret, la veille.

Baisse du son et de la lumière, la fanfare de Pärnu s'éloigne, le soleil pâlit. Dans l'atelier de la Kultuurikatel, un homme au pull marin déballe deux paquets plats d'une cinquantaine de centimètres, laissant au sol une corolle de papier bulle. Rien de magique, rien de sanglant.

Louna et Lukas se rapprochent, cherchent à comprendre le jeu de rôle. Le notaire n'a pas encore lu les décisions testamentaires et le généalogiste vient de poser contre le comptoir deux cadres rectangulaires tendus de toile marron.

La voix de Stig claque au moment où Louna, énervée par tant de mystères, se lève :

– Attendez ! Il est inscrit, là, en français : « Pour mon fils Lukas », et là : « Pour ma fille Louna » et sur les deux toiles : « L'espérance est ma patrie. » L'héritage de votre père est tout entier devant vous.

Quand il retourne les tableaux, il n'entend pas Jakobson murmurer :

– Missa on öeldud, la messe est dite.

Grands enfants au pied d'un sapin de Noël où sont déballés d'invraisemblables cadeaux, la sœur et le frère, incrédules, fixent une femme allongée, serrée dans une robe fourreau multicolore, et un homme debout aux cheveux hirsutes tachetés du bleu roi, vêtu d'une redingote de velours sombre du même bleu, figures indifférentes à ceux qui n'ont d'yeux que pour elles.

Une éternité.

Maître Jakobson rompt le silence :

– Ces tableaux vous attendent depuis si longtemps qu'il n'est plus urgent de se presser. Ils sont du peintre autrichien Egon Schiele, dont les toiles sont cotées au plus haut. Un bel héritage. L'historienne française Hanna Roberte, qui m'aide à finaliser votre dossier et que vous rencontrerez bientôt, affirme que ces tableaux n'apparaissent sur aucun registre, ne font l'objet d'aucune demande de restitution, mais que leur provenance reste mystérieuse, peut-être douteuse. Si vous voulez, nous nous retrouverons demain à dix heures. Stig, à qui j'ai proposé de continuer à travailler à mes côtés, vous indiquera l'adresse de mon annexe, la pâtisserie Maiasmokk. D'ici là, allez librement dans Tallinn, c'est une belle cité, votre père Toomas y a sûrement vécu au cours de sa vie mouvementée que nous essaierons, avec l'aide d'Hanna, de comprendre. Je vous laisse avec les tableaux, marque totale de confiance. Vous avez le code de l'armoire blindée, soyez discrets.

Stig l'aide à se lever. Ils sortent sans se retourner.

Fascinés par l'incroyable présence des toiles, le couple reste soudé au canapé, envoûtés, Louna aussi muette que devant la dérive des brumes marines un soir d'hiver, Lukas aussi silencieux que s'il suivait le déclin du soleil derrière la Meije. Quitter la mer Celtique et les sommets de l'Oisans pour débarquer dans le monde clos d'un peintre autrichien nécessite une énergie que leur voyage a sérieusement émoussée.

Enfin ils se décident, tournent le dos aux toiles restées au sol, s'en vont vers la cité portuaire et s'engagent, somnambules, dans la ville basse.

Estoniens et visiteurs en mode festif acclament les choristes en répétition, oriflamme roulée sous le bras, applaudissent les femmes en longues jupes bleues et les hommes en culottes de velours, sourient aux fillettes blondes couronnées de fleurs des champs, envahissent les restaurants de la Raekoja Plats et les bars des rues adjacentes où l'on sert des chopes de bière, des jus de pomme et des sirops de mûre arctique.

Dans les ruelles pavées, visages collés aux vitrines, les touristes en joie choisissent des bagues d'ambre marin et des dessous-de-plat en bois de genévrier.

Désorientés par la foule en fête, Lukas et Louna partent à la recherche d'un lieu calme, poussent au hasard la porte de l'Okupatsioonide Muuseum en limite de la vieille ville, tout en béton et en verre, musée des Occupations de l'Estonie au siècle passé : quatre ans sous l'emprise des troupes du Reich suivies de quarante-sept années sous le joug soviétique.

L'ambiance est lourde, émouvante. En fin de parcours, sur le parvis du musée, des valises sculptées dans des blocs de pierre grise, comme abandonnées pendant une rafle, rappellent le poids de la détresse d'un peuple.

Ils se recueillent, têtes baissées, ployés sous un trop-plein d'images.

Louna, fatiguée, désigne les chaises de la terrasse d'un bistrot sans prêter attention à l'enseigne rétro « Punane Paradiis ». Ironie et provocation assumées par le jeune patron, le décor reconstitué du Paradis rouge est celui d'un café ouvrier des temps pré-brejnéviens, comptoir formica, meubles d'atelier, néon cru, peinture verdâtre, posters de robustes paysannes faucilles en main et de travailleurs stakhanovistes brandissant des pics de mineur.

Comment passe-t-on de l'horreur des goulags à une cantine nostalgique branchée ? La dérision gomme-t-elle l'innommable ?

Et, dans un registre similaire, comment peut-on proposer à la vente, à peine dissimulés, des fanions et des boîtes d'allumettes à l'effigie du Führer alors que les nazis ont fait de l'Estonie soumise le premier pays déclaré « libéré des Juifs » ?

Ne vaudrait-il pas mieux en finir une fois pour toutes, jeter l'histoire dépecée de ce pays dans un puits noir comme on pousse les secrets de famille sous le tapis du salon ?

Chacun avec sa sensibilité, Louna et Lukas se demandent d'où vient cette volonté qui permet aux Estoniens de s'affranchir du joug du passé et de fêter leur liberté retrouvée par une incroyable communion de voix fraternelles. La polyphonie des chœurs suffit-elle à couvrir le cri des barbares ?

Et eux, les vieux orphelins, qu'en est-il de leur faculté de résilience ?

Attablés devant deux assiettes de raviolis géorgiens alors que flânent des badauds, ils s'interrogent à demi-mot sur ce qui pourrait lier l'histoire tourmentée de l'Estonie à leur propre histoire familiale.

Ils parlent à voix basse :

– Notre dernière rencontre date de vingt ans, c'était dans un café de banlieue par une journée grise, tu m'as expliqué pourquoi on t'appelait la Douanière, tu découvrais que j'étais cristallier.

Louna approuve.

– Le juge venait de déclarer officiellement notre père absent et nous pouvions vider la maison.

– Il faisait froid, j'ai trié des papiers, des photos, flanqué le tout dans un sac.

– Pendant que tu vidais les tiroirs, j'ai décroché une toile de Kandinsky que j'ai emportée.

Elle cherche le regard de son frère et lance :

– Tu ne trouves pas que c'est un peu maigre comme relique ?

– Ce n'est pas essentiel, les pères laissent d'autres empreintes plus subtiles qui…

Elle l'interrompt :

– La blessure de l'absence, tu parles d'une empreinte subtile ! Et celle de la trahison ! Notre mère ne s'en est jamais remise. Nous vivions ensemble avant l'accident, je voyais bien qu'elle perdait pied, toi tu étais à Briançon.

– Je l'idéalisais, je me disais qu'il allait revenir…

Un temps d'arrêt. Il reprend :

– Chargé de cadeaux, des diamants bleus, une peau d'ours… Finalement… il nous offre des tableaux.

– Tu penses ! Pour consoler notre mère je décorais de petites boîtes de carton, y glissais des coquillages, des graviers en forme de cœur, c'était mieux que d'attendre les satanés diamants de son mari, non ? Ce cadeau de tableaux, cet héritage, il vient trop tard, je n'aime pas la générosité des repentants.

– Le propre des héritages, c'est d'arriver une fois que tout est fini.

– Qu'importe, je suis là pour clore l'imposture d'un homme qui a imaginé qu'il pourrait continuer à vivre à travers nous.

– Cet « imposteur » comme tu dis, c'est notre père, nous en sommes les héritiers, pas les liquidateurs.

Tomas Espérance-Luutos vient d'entrer par effraction dans leurs échanges. Ils se taisent. Ne pas envenimer leurs propos, leur pacte de filiation est si récent, fragile.

*

Un garçonnet, pantalon bouffant, veste cintrée en toile bleue, court en riant avec une fillette en robe fluide de tulle rose, bouquet de mariée à la main. Échappés d'une noce voisine, indifférents aux passants, ils s'assoient sur le rebord de la terrasse du Punane Paradiis, échangent des cornets de dragées, têtes nimbées de mousse blonde.

Dans le livre des légendes estoniennes, ce petit garçon est l'aube, la fillette le crépuscule, ils viennent de refuser que le dieu Taara les marie, ils resteront fiancés à vie et leur amour demeurera à jamais gravé au flanc des nuages qui filent vers la Baltique.

Envolées de toile et de tulle. Des dragées roulent au sol. Les enfants courent rejoindre la noce, sèment derrière eux des pétales de pivoine et de fleur d'oranger.

Jamais un tank n'a fait trembler les pavés de la ville, jamais un cri de détresse n'a percé les murs de la forteresse Patarei, jamais une bombe n'est tombée sur l'église Saint-Nicolas, ni sur la synagogue, jamais d'avion n'a bombardé une cour d'école.

En Estonie, les enfants de légende renaissent dans un halo d'espérance, au coin d'une terrasse de café.

Lukas aide sa sœur à s'extraire du dossier de la chaise soviétique.

– Ta jambe, les séquelles de l'accident ?

– Je t'en parlerai plus tard.

Un temps.

– Et toi, ta main bandée ?

– Pas grave, je t'expliquerai.

Leur façon à eux de se rapprocher des blessures l'un de l'autre, de s'inscrire dans une fratrie de chair.

Vitrines et lampadaires s'allument, l'air se rafraîchit, les paquebots de croisière rameutent à grands coups de corne les touristes en goguette. La ville s'apprête à vivre sa première soirée de fête. Dans deux jours, fanfares et chœurs du Laulupidu envahiront les rues de Tallinn.

Ils font quelques courses en chemin et rejoignent l'atelier perché qu'ils ont accepté comme résidence jusqu'à leur départ.

Par la baie grand ouverte, l'enseigne de la station-service Circle K troue la nuit. Sa lumière blanche découpe le pourtour des meubles, le loft est une gravure en taille-douce.

Dans le recoin de l'armoire blindée, un spot dévoile les tableaux posés sur une chaise.

Les enfants Espérance dorment.

Trois coups grêles à l'horloge d'usine du musée de l'Énergie accolé à la Kultuurikatel. Du temps où turbinait la centrale électrique soviétique, elle marquait l'heure d'embauche des ouvriers du troisième quart, aujourd'hui c'est le signal pour les clubbeurs d'échanger leur dernier joint au seuil des boîtes de nuit.

Dans son sommeil Lukas a perçu l'horloge, rappel de la sonnerie éraillée du réveille-matin d'André de Val-des-Prés quand ils devaient quitter le refuge de l'Aigle en pleine nuit pour atteindre le glacier du Tabuchet, lampe au front, avant que le soleil ne travaille la glace.

Sans bruit, il rejoint le pilastre, s'assied au sol, jambes croisées, face aux tableaux.

De l'homme debout aux yeux noirs perdus dans le vague, il ne retient ni les traits du long visage aux couleurs criardes, ni la folle chevelure bleuie, ni la redingote râpée. Le tableau que son père lui a dédié n'a été créé que pour afficher en premier plan les mains nues, bariolées, à hauteur du ventre, doigts démesurés, dont deux de la main droite s'apprêtent à trancher le regard de celui qui se risquerait à trop l'interroger.

Ces mains en apesanteur, affranchies du personnage, ont une telle puissance de suggestion qu'une onde électrique réveille les douleurs de son annulaire sous le pansement. D'un geste instinctif, Lukas croise les mains, se retrouve en miroir de l'homme à la redingote qui le questionne en retour d'un air narquois : « Et alors tes mains ? »

Ses pensées anarchiques plongent dans l'espace sans frontière des souvenirs clandestins. Les doigts de Léo s'agrippent aux siens, cherchent la prise de son pouce plus solide qu'un bloqueur d'escalade, mais cette pince de muscles que les guides de l'Oisans comparaient aux mâchoires d'un pitbull tremble de tétanie, s'ouvre, une lame de feu fouaille son avant-bras. Qui lâche la main de l'autre ? Un chocard s'envole dans un cri à déchirer l'ordre du monde. Lukas hurle : « Léoooo ! », flèche aux dards de braise qui fuse dans l'atelier, s'en va dans les cieux transpercer les dieux de l'Olympe habiles à dérouler les légendes mais impuissants à retenir la chute d'un enfant aux yeux de plomb.

Il gagne son lit à genoux, se glisse sous la couverture.

Réveillée en sursaut, Louna ne bouge pas. Elle a entendu l'appel strident. C'est le hupeur des falaises qui ensorcelle les marins et les entraîne sur les récifs. Oiseau de deuil. La dernière fois qu'elle a entendu ce cri, la tempête d'automne cassait en deux *La Belle Brise* du côté de l'Île-de-Bréhat, l'envoyant par le fond avec le patron pêcheur et deux hommes d'équipage.

Cacher sa peur. Plaquer les mains sur les oreilles. Attendre que le mauvais sort s'éloigne. Léa rirait de ses superstitions de vieille Bretonne, la calmerait.

Le silence est revenu. L'oiseau de malheur s'en est allé. De l'autre côté de la pièce, on dirait des sanglots d'homme. Ou le vent le long de la verrière.

Elle se rendort, se réveille la gorge sèche, va en silence au frigo.

Sur une chaise, la toile qui lui est destinée flambe sous le spot. Comme si le peintre y avait projeté ses tubes de peinture rien que pour elle.

Elle s'assied au sol, fascinée par les touches vives imbriquées qui font à la gisante au regard perdu une longue robe étroite tissée d'incandescence. Les bleus et les turquoises sont ceux des hélices marines de son jardin, les rouges et les jaunes font un soleil orange comme quand le gwalarn souffle sur l'éolienne. Pour rompre l'envoûtement, elle ouvre grand les yeux alors que montent en puissance cors et clarinettes des soldats russes de Borodine. Elle s'envole. Dans les steppes sèches d'Asie centrale, sa mère repose dans une robe linceul éclaboussée d'arcs-en-ciel, apprêtée pour le grand voyage, le regard dans l'au-delà. Lorsque ses bras s'arrachent à la toile, s'arrondissent pour l'entraîner vers un parapet de pierres dures incrusté de tôle, elle hurle :

– Non ! Explique-toi, explique-toi !

Puis elle s'écroule au pied du tableau, pénitente baisant le sol de la chapelle du doute.

*

À l'horloge de l'ancienne usine, les heures s'égrènent dans la nuit.

Au troisième étage de la Kultuurikatel, deux tableaux tout juste extirpés d'une cavité creusée le long d'une roche dans les bois de Karmana traînent dans l'atelier.

Des toiles signées Egon Schiele, qui collent à l'histoire des cent dernières années et qu'Hanna Roberte a expertisées.

D'un simple coup d'œil, l'historienne a relié les tableaux à deux œuvres connues.

La femme allongée se rapproche d'un portrait de

Friederike Maria Beer, fille d'une cliente et amie de Klimt qui avait ramené d'un voyage à La Paz des poupées colorées, pensant qu'elles plairaient à Schiele. Ravi, il lui avait demandé de poser allongée sur un matelas et avait réparti les figurines sur son corps comme autant de touches indiennes complétées par de larges confettis de couleur. Cependant la silhouette reste désincarnée, porteuse d'éclats de lumière mais non de souffle de vie.

L'homme debout est sans doute une ébauche de l'*Autoportrait avec un gilet au motif paon*, peint en 1911 au crayon gras et à la gouache, qui fait partie aujourd'hui de la collection Ernst Ploil à Vienne. Ce qui n'apparaît pas ici, c'est le halo de lumière qui entoure la tête aux cheveux ébouriffés dans l'original et qui fait de Schiele une figure christique. Les mains sont à l'identique, doigts tranchants comme un cri de détresse en langage muet.

Ces toiles retrouvées dans une sombre forêt d'Estonie, quoique répertoriées dans aucun registre, ont peut-être été sauvées de l'autodafé de juillet 1943 dans les jardins du Jeu de paume à Paris. Malgré l'inscription « Vernichten, à détruire », certains tableaux ont été subtilisés avant destruction par des gradés nazis voulant décorer les cabinets secrets de leurs bureaux en France, en Allemagne et peut-être en Estonie annexée. Si c'est le cas des toiles des bois de Karmana, il reste à suivre leurs traces de la Vienne des années 1910 jusqu'à la France occupée des années 1940.

Un pari fou. Mais de cela, Hanna Roberte, optimiste, n'en a dit mot.

Vers neuf heures, Lukas se réveille, étonné que sa sœur dorme à même le sol, veillant les tableaux.

L'odeur du café la fait se redresser. Sa hanche la travaille, elle tend un bras pour qu'il l'aide à se mettre debout. Ils déjeunent en silence, groggy de leur errance nocturne dont ils ne disent rien.

Maître Jakobson, Hanna Roberte et Stig les attendent à la pâtisserie Maiasmokk.

Descendant la rue Pikk, Stig allonge le pas, chanson aux lèvres.

Les nuits de Tallinn sont équivoques, imprévisibles. Estoniennes.

Vers minuit, il est allé faire un tour au Kohvipaus. Marit tirait le rideau, musique jazz à fond. À peine étonnée, comme si elle l'attendait, elle l'a invité à entrer dans le bar désert. Il a dit, enjoué, que les fleurs jaunasses de la tapisserie envahissaient l'espace de sa chambre, l'empêchant de trouver le sommeil. Elle a ironisé de sa belle voix râpeuse disant qu'elle voulait bien lui montrer ses cahiers d'écolière mais qu'avant elle préférait partager une pinte de Koduõlu.

Elle derrière le comptoir, lui assis sur un siège haut face à la lumière de ses yeux rieurs, ils se sont laissé envahir par la musique. Par instants elle lâchait le nom d'un guitariste, d'un joueur de sax, d'une chanteuse, la soul de Laura Mvula dans sa période chevelure caribéenne, le folk d'Anna Põldvee à la frange noire. Stig ignorait tout de ce monde qu'elle côtoyait, le festival Jazzkaar où elle se rendait chaque année, trois jours fabuleux où Tallinn, creuset des invasions barbares, trouvait une identité apaisée dans un mix de sonorités internationales.

Elle a sorti du frigo des languettes de poisson fumé pour accompagner la deuxième pinte de bière. Ils riaient de tout, de rien et, sur une envolée de Pat Metheny, elle a approché son visage grave de la blondeur suédoise de Stig. Ses lèvres mauves ont scellé sur sa bouche la promesse des heures à venir.

Aux trois coups du matin à l'horloge du musée de l'Énergie, loin des plaintes déchirées de l'atelier, la chambre haute de la guest-house près des remparts a résonné de leurs cris de plaisir. Marit menait la danse, cavalière entraînant les chevaliers de l'ordre livonien à la conquête des terres païennes baltes.

Arrêt devant la maison Maiasmokk et entracte. Le temps de déposer aux portes de la nuit la guitare de Pat Metheny sur une chanson des Beatles que Marit fredonnait : « And I love her » et de redevenir le généalogiste censé passer ses soirées à démêler l'écheveau de la succession Espérance-Luutos.

Front plaqué contre la vitrine, il cherche à travers la devanture de bois vernissé si le notaire et l'historienne du musée du Louvre sont bien au rendez-vous et soudain, aspiré par la machine à remonter le temps, se trouve projeté dans l'or et le velours d'un boudoir du siècle passé.

Sous ses yeux se déploie une carte postale de la Vienne des années 1900 quand la bourgeoisie se pressait dans les cafés des poètes et des intellectuels, alors que d'un bout à l'autre de la Ringstrasse résonnaient les valses de Strauss. Tout au fond de la grande salle, installés dans une demi-alcôve éclairée par une lampe en cuivre chapeautée d'un dôme vert, un homme à la chevelure blanche crantée, serré dans un costume trois pièces relevé d'un nœud papillon à pois jaune pâle, légèrement penché par-dessus une table ronde rehaussée de napperons, et une femme, elle aussi d'un certain âge, bien prise dans une robe et un cardigan de laine tabac, semblent se préparer à aller au bal du palais de Hofburg où les attend l'empereur François-Joseph.

Comme au temps du café Sperl de la Gumpendorfer Strasse, Maître Jakobson et Hanna Roberte prennent le thé dans un service en argent, corail et ébène créé par Hoffmann.

Du côté du salon aux billards, Stefan Zweig, qui vient de publier sa nouvelle *Les Prodiges de la vie*, discute avec son ami Romain Rolland qui débarque de Paris. Mahler, fortement diminué par une endocardite qui va l'emporter, attend Schönberg, son protégé.

Brouhaha joyeux, les peintres sécessionnistes Klimt et

Kokoschka viennent chez Sperl rédiger un texte vengeur. Un journaliste a mis à mal la peinture de leur ami Egon Schiele, traité de « prince de la laideur, visionnaire de l'horreur et de l'épouvante, exhibitionniste obsédé par son image et par une sexualité des bas-fonds ». D'ailleurs le voilà qui entre.

D'instinct, Stig se recule. Depuis que le peintre autrichien s'est invité dans le dossier Espérance, il sait tout de lui. À première vue, ce matin, il est dans sa phase mélancolique sombre. Une grimace en biais lui tord la bouche comme si un scalpel fouillait son âme, ses mains jointes au niveau de la ceinture se crispent, doigts d'araignée en lutte. Un autre jour, il débarquera au café hautain, suave, dans un costume blanc avec melon noir, ou encore espiègle et rieur, éternel enfant, ami des jeunes filles aux silhouettes impubères. Klimt l'invite à sa table. Bientôt la grippe espagnole les emportera, l'un et l'autre, vers le désespérant royaume de l'au-delà aux insipides aplats de teintes bilieuses.

De l'intérieur du café, on tapote à la vitre, la carte postale se déchire. Jakobson, qui s'en allait faire son choix de gâteaux au comptoir, étonné de voir le Suédois nez collé à la vitrine comme un gamin des rues, lui fait un signe amical. Il répond d'un geste de la tête, rejoint la porte à la lourde poignée de cuivre.

Dans le bref laps de temps de son retour vers le passé, il vient de comprendre qu'il n'y avait pas de meilleur messager entre Toomas Luutos et ses enfants que les tableaux de Schiele, prince du désordre, voyant voyeur, homme d'éclats, de hâblerie et de vérité. Pour l'Estonien de Narva capable de mourir à la même date en Allemagne nazie et en Russie soviétique avant de se réincarner seize ans plus tard en père de famille française, quoi de mieux que de laisser en héritage à ses enfants perdus deux toiles de l'artiste aux humeurs saisonnières, retrouvées six pieds sous terre dans un pays à l'histoire aussi réversible et équivoque que la sienne.

C'est avec légèreté que Stig rejoint le couple du boudoir.

L'historienne Hanna Roberte est tout en retenue espiègle. Grande dame brune au regard plissé dans un visage délicatement fardé, experte du marché de l'art durant la Deuxième Guerre mondiale, elle ne bronche pas quand apparaît Stig, totalement anachronique, marin de la Baltique débarquant avec son pull de grosse laine dans une pâtisserie en porcelaine.

Au majeur de sa main tendue, une bague en or gris aux motifs géométriques sertie de trois petits rubis. Elle dévoilera plus tard que c'est le cadeau d'un joaillier de la maison Fouquet spécialiste des bijoux inspirés du cubisme, dont le fondateur était l'ami d'Éluard et d'Aragon. Pour les tableaux, elle sera également une source inépuisable de références, mettant ses intuitions au service d'un savoir acquis au long d'une carrière riche en découvertes.

D'une voix douce, elle salue Stig en anglais :

– Maître Jakobson me parle de vous avec éloge. De ce que j'ai cru comprendre, vous pensez comme moi que l'énigme des tableaux de Schiele ne se résoudra que si nous approchons la vérité du légataire. J'ai été séduite par les liens que vous avez établis entre les patronymes allemand, russo-soviétique, estonien et français qui ont conduit, grâce à une traduction littérale et à la juxtaposition des graphies, au nom de famille Espérance, dont les héritiers vont nous rejoindre.

Ses yeux rivés à ceux de Stig ne cillent pas. Ce que sa voix laisse filer, son regard le retient. Une femme que les fausses pistes ne décourageront pas.

Il répond, se tournant vers le notaire :

– J'ai en tête votre conseil : dans la traque de Toomas Luutos, nous sommes peut-être plus gibier que chasseur.

– Vous m'avez bien compris, parfois les gibiers nous devancent pour que leurs traces nous éloignent de leur tanière où reposent leurs petits. Rappelez-vous aussi Ionesco : « Pour entendre la vérité, il faut écouter la voix de l'absurde. »

Hanna Roberte complète :

– Effectivement, c'est dans l'absurde que sombre la spoliation d'objets culturels, elle accorde autant d'importance à une œuvre d'art qu'à une vie humaine, elle amorce la chaîne mortifère qui va aller du pillage des biens d'une population rejetée à sa déportation puis à son élimination. Les déportés mouraient dans l'anonymat tandis qu'on répertoriait minutieusement les tableaux volés. Ces années de guerre ont été un cauchemar sinistre. Je travaille pour la conservation d'œuvres artistiques mais je ne mettrai jamais à égalité une vie humaine et un tableau. Le sourire pâle d'une enfant des ghettos a mille fois plus de valeur que celui de la Joconde.

Elle prend quelques gorgées de thé, repose la tasse, regarde l'un puis l'autre, termine :

– Je suis à Tallinn pour expertiser les deux tableaux du peintre viennois et aussi pour découvrir la vie énigmatique de l'homme qui a inscrit au dos des toiles l'admirable maxime « L'Espérance est ma patrie ». Le plus bel acte de foi qu'un père puisse laisser à ses enfants.

*

L'arrivée de Louna et Lukas bouscule le calme des échanges. Hanna Roberte perçoit aussitôt dans leurs regards jumeaux que ces deux-là viennent d'un ailleurs aérien. Des êtres de passage.

On approche un guéridon, deux sièges, on passe les commandes, le frère et la sœur se serrent comme des enfants invités, à côté de la table des grands. L'incessant va-et-vient de clients les inquiète. Où sont le café de la Mer, le bar des Guides ?

Après une brève présentation, le notaire, lunettes demi-lune sur le nez, pose le cadre de leur rencontre :

– Je tiens à votre disposition les documents qui m'ont permis de vous identifier comme descendants au premier degré de Tomas Espérance alias Toomas Luutos, alias Toomas Lootus, alias Toomas Hoffnung, alias Toomas Nadezhda, vraisemblablement né le 10 janvier 1918 à Narva, époux d'Olga née Brudsky décédée le 18 mai 1980, dont la présomption d'absence a été déclarée en 1974 et l'absence totale valant acte de décès déclarée en 1984 par les tribunaux français.

Aucune hésitation dans l'énoncé notarial de Maître Jakobson, un pasteur n'aurait pas psalmodié avec plus d'aisance l'agencement des noms reliés par les « alias » qui sonnent comme autant d'acclamations liturgiques.

Coup d'œil circulaire au public attentif du boudoir, il feuillette le dossier, reprend, dos droit sur son siège :

– En référence au droit européen qui depuis le 17 août 2015 fait loi en Estonie et qui impose que pour une succession internationale soit retenue la dernière résidence habituelle du défunt si celui-ci n'a pas clairement désigné une autre loi nationale, mais devant l'incertitude du lieu de décès de Tomas Espérance, étant donné que le droit germanique suit le droit européen et que d'autre part l'Estonie peut faire référence à l'ancienne loi soviétique compétente dans l'identification de disparition pour cause de mort, après avoir publié des annonces dans l'ensemble des revues spécialisées tant en…

La suite de l'homélie notariale se perd dans l'infini de la houle d'automne qui lisse le sable de la pointe du Trouquetet à Binic et trace sur le rivage des hiéroglyphes d'algues et de laminaires. Louna rêve aux graphies outre-marines qu'elle consigne dans un carnet.

Jakobson, imperturbable, poursuit :

– … qui d'après la chambre estonienne des notaires, entité juridique de droit public regroupant…

Elle sent le regard de Lukas, reconnaît ce discret relevé des commissures des lèvres qui lui permettait, enfant, d'envoyer à sa sœur un signal secret quand la situation leur imposait le silence, mère fâchée ou père en colère. Elle lui retourne une grimace furtive et leurs yeux s'accordent. Sur quelle voie granitique s'échappe-t-il ?

Hier il a évoqué ses courses solitaires à flanc de rocher, ses prises de risque. Quand il parlait technique, grimpe en surplomb, pieds en opposition, son visage s'apaisait comme si le souvenir des décharges d'adrénaline repoussait toute pensée négative. Pas un mot sur son fils, mais sa voix s'est voilée quand il a décrit les ailes papillons de l'échelette qui nichait là où dansent les enfants aux chaussons de fluorine rouge.

Frôlant la nappe du guéridon, Louna pose sa main sur celle de son frère, qui ne la retire pas. En une fraction de seconde, quarante années d'absence s'envolent dans un frémissement de peau.

Ils sont dans le grand lit de la chambre d'amis avant le départ de Lukas à Briançon. Confidences d'enfants, elle murmure à son oreille qu'elle viendra le voir là-haut dans les montagnes, qu'il courra dans la neige avec Croc-Blanc et Collie, qu'elle lui enverra des dessins, qu'elle ne l'oubliera jamais. Grande sœur, elle le prend dans ses bras. Ils s'endorment main dans la main.

Maître Jakobson a refermé son dossier. Derrière ses lunettes il a deviné le geste d'affection de Louna vers son frère et une étrange émotion l'envahit, irraisonnée, comme si entre la paperasse des décrets, lois, actes s'étaient glissées des fleurs des champs séchées qui reprenaient des couleurs. Pour qu'un héritage ne se nécrose pas, il doit être pourvoyeur de sens. Cette pensée le met en joie et il s'applique à entamer un chou à la crème d'amande saupoudré de cannelle.

Hanna Roberte a suivi de loin les paroles du notaire, s'évadant par instants, détaillant en ethnologue les clients de la pâtisserie. Depuis le 6 mars 1864, jour d'inauguration du café, le credo est le même : rien, aucune guerre, aucune disette, aucun moment de liesse, ne doit perturber le savoir-vivre et le bon goût des lieux.

Elle se tourne vers Stig.

– Vous vous êtes blessé ? L'estafilade sous votre oreille.

Il porte la main à son cou. Un peu de sang séché.

– Une éraflure, ce n'est rien.

Sous ses doigts, le souvenir tranchant de la bague au pouce de Marit. Entre les filles faciles du Voice Karaoke de Tallinn et les femmes rêvées, Aliona la sirène de la Baltique, Kadi la femme des bois, il y a cette étudiante aux yeux clair argent qui cette nuit a marqué sa chair de rubis et de sang.

Il va tirer le rideau de coton rose sur la tringle en demi-cercle qui clôt l'alcôve. Silence feutré dans ce théâtre de poche où chacun répète son rôle.

Côté jardin, Hanna Roberte s'emploie à découper le gâteau à la crème d'amande conseillé par Jakobson.

L'homme est d'une grande culture et l'éclair de son regard malicieux atténue la fatigue de l'âge. Son amabilité, sa rigueur notariale, son élégance désuète font merveille pour normaliser les relations avec des héritiers déçus. Cette affaire est sans doute la dernière qu'il traite avant de passer la main à son fils. Il ne parle jamais d'argent, doute-t-il de l'authenticité des tableaux ? Est-ce pour cela qu'il a pris le risque de les transférer à l'atelier de la Kultuurikatel ?

Lorsqu'elle a fait le compte rendu rapide de ses recherches, il semblait aussi lointain qu'elle tout à l'heure à ses énoncés, sauf quand elle a développé un exemple qui fait école dans les cours d'histoire de l'art, l'incroyable traque de l'*Odalisque au tambourin* de Matisse.

Peint en 1926, ce tableau passa de la galerie parisienne d'Alfred Daber à la galerie Jos Hessel. On le retrouva en 1937 chez les Rosenberg, grande famille juive de collectionneurs, qui le mirent à l'abri en 1940 dans le coffre d'une banque de Libourne. Main basse par les Allemands qui le transférèrent en 1941 à la galerie du Jeu de paume. Göring, numéro deux d'Hitler et amateur d'art, se l'appropria. À la Libération, le tableau fut repéré chez un certain Georges Schmidt de Zurich qui l'aurait acheté à Gustav Rochlitz, un Allemand installé à Paris. Il le vendit à son tour au collectionneur Emil Georg Bührle qui affirma cependant l'avoir acquis auprès de la galerie Fischer de Lucerne. En 1948, il fut un des premiers tableaux d'après-guerre que le tribunal fédéral de Berne restitua à son propriétaire spolié, Paul Rosenberg, qui vivait alors aux États-Unis.

À chaque étape du résumé pour le moins abscons de cette spoliation, Jakobson hochait la tête.

Il a conclu de lui-même :

– Combien d'années a duré cette dérive ?

– Une dizaine d'années à peu près.

– Pour nos tableaux de Schiele, il y a plus d'un siècle

d'écart entre leur création et leur résurrection dans les bois d'Estonie ! C'est un tout autre challenge ! Mais à présent que les remous de l'Histoire se sont apaisés, rien ne va s'opposer à la vérité.

Elle lui a répondu de sa voix douce :

– Vous savez bien que si le cours de l'Histoire nous rend la vérité, pour autant elle n'enlève pas le doute.

– Vous m'ôtez la charge de le dire, je vous en suis reconnaissant. Avec mes arguties de notaire, avec votre expertise, nous donnons à nos clients français des gages d'authenticité, mais nous savons tous deux que les certitudes les plus établies ne sont que les avatars de nos croyances.

Un regard complice a mis fin à l'échange.

Avec son sourire chic de grande dame brune elle revient, côté cour, dans le petit théâtre du boudoir.

– Nous serons plus à l'aise pour parler peinture devant les tableaux déposés à l'atelier. Est-ce possible ?

Tous acquiescent.

De derrière le rideau rose, les clients, étonnés, voient émerger une femme et un homme d'autrefois suivis d'un jeune couple, elle le pas hésitant, lui la main bandée et, fermant la marche, un marin du port au visage radieux. Un serveur se presse de leur ouvrir la porte. Ils doivent être d'importance, pour le moins des artistes, des comédiens.

Tallinn est à la fête. Un bon quart de la population de l'Estonie s'est donné rendez-vous dans la capitale pour défiler demain jusqu'au parc de Lauluväljak.

Les rues sont drapées de couleurs chantées, fanion au soleil jaune du chœur des chantiers de Narva, banderole rouge et or du lycée de Lahemaa, bannière bleue de la fanfare de Valga, emblème aux trois lions du chœur de l'église de Kalana et mille autres drapeaux sous le vent de la Baltique. Une rivière de tissus dévale les ruelles, gonfle la moindre placette, déborde le long des boulevards. La révolution chantante coule dans les veines de l'Estonie.

Guidé dans la foule par la chevelure d'Arvo Jakobson, le petit groupe s'en va à la Kultuurikatel légitimer les tableaux qui ont déjoué les embûches du siècle grâce à l'habileté, la ruse ou, qui sait, la perfidie d'un homme dont curieusement aucun des cinq n'a amené de photo. N'est-il que l'ombre portée du peintre viennois ? Sa marionnette ?

Est-ce que je parviendrai, se demande l'historienne, appuyée au bras du notaire, à faire coïncider les faces si dissemblables de ce double miroir où, sur l'une, l'image de Tomas Espérance reste dans le flou et, sur l'autre, Egon Schiele se représente en pleine lumière ?

Dans sa robe sable au bras de son cavalier, elle semble revenir du bal du palais de Hofburg qui s'est clos sur une magnifique valse, la *Kaiserwalzer*, en hommage à François-Joseph.

Mais ce sont des confidences d'aujourd'hui soufflées à l'oreille du notaire qui lui viennent aux lèvres :

– Nos héritiers présumés qui ont fait ce voyage, ce qui ne semble pas être dans leurs habitudes, sont bien discrets alors qu'ils devraient se réjouir d'être si près du but. Si le legs se confirme, c'est un très beau cadeau que leur a fait leur père.

La musique et les cris étouffent ses mots, le notaire se penche vers elle.

– Ce sont des solitaires, égarés dans des enjeux qui les dépassent.

– Alors pourquoi sont-ils venus ?

– Vous le savez.

– Pas pour les tableaux, n'est-ce pas ?

– Peut-être même pas pour leur père.

– Alors ?

– Pour se retrouver.

– Se retrouver ?

– Se reconnaître. Comme frère et sœur. Je crois qu'ils n'avaient plus de relation, ou si peu.

– Aller si loin pour des retrouvailles.

– La dernière demeure du père est un bon lieu symbolique pour solder ses comptes, vous ne trouvez pas ?

Des filles en farandole, robes noires fluides, longues écharpes violettes, l'interrompent en clamant : « Mu isamaa, mu õnn ja rõõm ! Ma patrie, mon bonheur et ma joie ! » Repris par la foule cet hymne de l'indépendance rejette à la mer les années barbelées, soude l'âme des hommes et des femmes qui dansent dans les ruelles. Envahi, meurtri, humilié, le peuple estonien n'a jamais été muselé, ses voix, toujours, ont chanté l'air de la liberté. Le « peuple chantant », c'est le plus bel hommage que l'on puisse faire à cette nation, en la nommant ainsi.

*

Passé les limites de la vieille ville, ils retrouvent l'odeur acide des pelouses à écureuils qui mènent au boulevard Rannamäe, puis à nouveau l'ambiance festive du jour.

La Bouilloire culturelle est en ébullition. Tables et chaises du bar poussées contre les murs, étudiants et chanteurs traditionnels ont pris d'assaut le hall d'accueil. Debout, bières en main, ils s'affrontent dans des joutes vocales, entonnent des chants polyphoniques, des airs populaires. Stig reconnaît le « Broder Jakob, Broder Jakob » de son enfance, le « Sepapoisid, Sepapoisid » du fils du brocanteur, maillon d'une chaîne qui l'a conduit jusqu'aux héritiers de Luutos, au cours de ce voyage initiatique imprévu.

Dans le brouillard des contrées de l'Est, Jaan écoute-t-il toujours des fugues de Bach au clavecin ?

Le visage du Suédois se plisse. « Trop sérieux », a dit Marit. Il sourit, sous ses doigts la fine griffure à son cou.

Il y a du monde jusque dans l'escalier de métal bleu nuit et ils jouent des coudes pour atteindre la coursive, dernier havre de paix dans cette structure ivre.

Devant la porte de l'atelier entrouverte, le cœur de Stig s'arrête.

– Vous ne l'avez pas fermée à clef ?

Lukas et Louna ne répondent pas. Les tableaux sont à leurs places, adossés au placard, bien visibles dans la lumière de midi.

Arvo Jakobson et Hanna Roberte ne disent rien. Ils se doutent que ni la valeur des tableaux ni leur perte éventuelle ne préoccupent le frère et la sœur.

Ils s'installent comme la veille, face à l'homme aux cheveux tachetés du même bleu que son costume et à la froide odalisque dans sa robe patchwork. Jakobson et Stig sur le canapé, légèrement penchés vers l'avant, Louna et Lukas sur la méridienne, en retrait, comme de sages abonnés du musée du Louvre attendant que la conférencière spécialiste de l'époque trouble de la première moitié du XXe siècle prenne la parole.

L'historienne étale des feuilles annotées sur la table basse.

– Dès qu'Arvo m'a fait parvenir les clichés de ces tableaux, je me suis plongée dans les archives du musée, j'ai épluché les notes de Rose Valland qui avait répertorié les œuvres volées par les nazis, j'ai décortiqué les rapports de l'Art Looting Investigation Unit au sein de l'OSS et me suis appuyée sur une base de données informatiques internationales où sont recensées toutes les œuvres et les collections du monde, l'Art Loss Register.

Le silence du notaire lorsqu'elle a lâché son prénom vaut acceptation de cette familiarité. Les trois autres n'ont pas bronché. Ce couple délicieusement décalé ne dépare pas dans la ville annexée par des groupes folkloriques.

Elle poursuit :

– Pour l'instant, je n'ai trouvé aucune trace de l'existence de ces toiles. Elles n'ont été ni achetées, ni répertoriées, ni spoliées, ni réclamées.

– Vous m'avez dit, intervient Jakobson, qui lui donne en retour du « chère Hanna », qu'elles sont très proches de l'*Autoportrait avec un gilet au motif paon* et de la représentation couchée d'une certaine Friederike Maria dont j'ai oublié le nom.

– Friederike Maria Beer, la fille d'une amie de Klimt.

On peut supposer que ces deux tableaux en sont les ébauches. En 1910, Schiele écrivait à un de ses collectionneurs : « Mes actuels tableaux ne sont sans doute que des avant-propos, je suis si insatisfait », et un peu plus tard, dans le même registre : « Mes productions n'ont été peut-être jusqu'à ce jour que des préludes. »

– Qui était ce collectionneur ?

– Oskar Reichel, un médecin viennois dont le peintre fit un portrait. Schiele pouvait d'un trait rapide, au vitriol, camper un être de chair grise et d'os sans aucune retouche et, sur d'autres toiles, laisser de nombreux repentirs, un rouge vif en outrance pour cerner des yeux hagards, du carmin et du vert pour accentuer la béance d'un sexe de femme. Artiste impétueux, insatisfait, déchiré par l'angoisse et la fragilité de l'existence, il passait par d'impérieuses nécessités contradictoires et certains de ses tableaux sont restés inachevés.

– Oskar Reichel aurait gardé ces ébauches ?

– Why not, comme disent mes collègues anglo-saxons.

– Quelles autres hypothèses ? intervient Stig.

– Schiele écrivait à un de ses mécènes : « Cher ami, me voici sans un sou. J'ai dû débourser trois cents couronnes ; je vous en supplie, apportez-moi vingt couronnes demain matin, sinon je n'aurai rien à manger. » Ainsi sollicités, il devait être tentant, pour ces mécènes, d'obtenir pour trois fois rien un de ces « préludes » dont parle Egon Schiele.

Les deux Français se redressent. Derrière le profil du peintre se dessine celui d'un homme à la dérive, tragiquement humain.

Louna intervient :

– Tomas Espérance connaissait les tourments du peintre ?

– Il vous a légué les toiles d'un artiste frondeur qui disait : « J'essaie d'appréhender chaque énigme et je m'y perds. » Votre père s'identifiait à Egon Schiele, c'est peut-être là son vrai message.

– Vous voulez dire que la personnalité du peintre choisi par... (elle hésite) par notre père serait aussi importante que la teneur des tableaux ?

– On fait un cadeau pour qu'il colle au plus près à celui qui le reçoit mais aussi parce qu'il trouve un écho en nous.

Louna s'apprête à répondre, se ravise. Hanna Roberte, qui ne la quitte pas des yeux, a compris.

– Schiele avait une relation très forte à son père, mort en 1905 d'une paralysie générale.

Elle consulte ses feuilles, poursuit :

– Il écrit à son père disparu : « Regarde-moi, père, toi qui es pourtant là, embrasse-moi, donne-moi le proche et le lointain, monte et descend sans cesse. Étends maintenant tes nobles os, prête-moi une oreille tendre, tes beaux yeux pâles. »

Louna serre avec force le bras de son frère. Au

sommet de la Bouilloire, le loft est prêt à exploser. Maître Jakobson sent la tension, tente d'alléger le propos :

– Avant d'aboutir à une certitude, l'expertise est le berceau des hypothèses, n'est-ce pas, chère Hanna ? Ébauches ou non, ces toiles sont-elles apocryphes ?

– Elles sont signées, un rapide graphe noir de ses prénom et nom entouré d'un rectangle à main levée, mais surtout les pigments employés sur ce double semblent identiques à ceux du portrait de Friederike Maria Beer et les gouaches et crayons gras à ceux de son autoportrait. Une microscopie électronique à balayage affinera mon diagnostic. Pour l'instant, je les attribue bien à Egon Schiele.

– Mais comment expliquez-vous l'itinérance de ces tableaux ? À partir de quel moment ont-ils été réellement entre les mains de Tomas Espérance ?

– Et de Toomas Hoffnung l'Allemand, de Toomas Nadezhda le Soviétique et de Toomas Luutos l'Estonien, complète Stig, bousculant volontairement l'échange.

Se tournant vers la méridienne, il interpelle directement les enfants Espérance :

– Et vous, qu'en pensez-vous ?

Ils sourient vaguement comme pour dire : « Continuez, continuez, nous ne sommes que de passage. » Au centre d'un cyclone où ce père insaisissable qui les a faits enfants fiévreux les entraîne, ils décrochent, s'évadent.

Lukas s'engage dans la voie nord de la Meije. Effondrement d'un sérac, la montagne tonne, se déchaîne, le temps de lever la tête, le glacier bascule, des blocs comme des cathédrales, effrayante lenteur, dix secondes pour se mettre à l'abri d'un surplomb, disparaître dans la paroi, devenir poussière de granite, la horde blanche hurle, crache un souffle de glace coupante, bloquer sa respiration, sourire à Léo au plus haut des cieux.

Louna, elle, lutte dans la tempête. Incroyable dépression de Noël, pas le temps d'enfiler un ciré, courir, zigzaguer entre les mobiles, abaisser le grand mât à l'étrave des rochers, échec, trombes d'eau, demi-tour, projetée au sol, quelques secondes pour se mettre à l'abri, rafale d'éclairs, elle crie après Léa.

Ils sont ailleurs, au cœur des tourmentes qu'ils maîtrisent, en sécurité, à mille lieues de l'insaisissable Toomas à facettes et de son miroir, le peintre des vraies-fausses toiles.

Hanna Roberte reprend :

– Les tableaux ont pu être achetés par un collectionneur viennois dépossédé de ses biens après l'Anschluss de 1938. Je pense à Karl Mayländer, dont Schiele avait fait un portrait et qui fut déporté à Lodz avant de mourir en camp d'extermination, à Oskar Reichel dont je vous ai parlé, éminent collectionneur d'art expressionniste, mécène de Kokoschka et de Schiele, mort en 1943 alors que sa femme était déportée dans un camp de concentration. Et à bien d'autres, spoliés de leur collection.

– Ce serait la piste du marché de l'art crapuleux organisé par les nazis ?

– Tout à fait. Une faune d'intermédiaires véreux, commissaires-priseurs, courtiers, conservateurs en ont profité. Mais ces tableaux ont pu aussi faire partie d'une vente aux enchères régulière, comme en 1918 la collection de Franz Hauer dont Schiele avait fait le portrait, et être dispersés aussi régulièrement en Europe ou aux États-Unis. S'ils se sont retrouvés en France pendant l'occupation allemande, autre hypothèse, ils ont peut-être été sauvés de l'autodafé de juillet 1943 par des gradés nazis pour décorer leurs bureaux en France, en Allemagne et pourquoi pas en Estonie annexée.

Malicieusement, Jakobson l'interrompt à nouveau :

– Chère Hanna, ne mettez pas en doute l'admiration que j'ai pour vos recherches, mais j'entends là des « pourquoi pas », des « peut-être », des « ils ont pu ». Sont-ce là paroles d'experte ?

Elle lui retourne un regard malicieux, joue quelques instants avec sa bague, plisse les yeux.

– Cher Arvo, quand vous croiserez un expert qui parlera de certitude, fuyez ! J'ai gardé de mes lointaines études un des principes du scepticisme : il est bon de suspendre son jugement tant que la preuve fait défaut.

« L'expertise est le berceau des hypothèses », ce sont vos mots, n'est-ce pas ?

Dans une délicieuse bulle de complicité, ils s'offrent quelques instants d'intimité.

Subjugué par l'échange ponctué de « cher Arvo », « chère Hanna » comme si les acteurs de ce colloque singulier n'avaient pas quitté l'antre feutré de Maiasmokk, alors que sur le divan d'à côté le frère et la sœur semblent être retournés dans d'inaccessibles contrées, Stig s'octroie à son tour une pause et s'en va rêver à l'étudiante aux yeux clair argent.

Adossés à une armoire blindée renforcée de serrures à code, l'homme au gilet fleuri et au regard hautain et la femme patchwork observent ces humains bavards, si pitoyables dans leur quête insatiable de vérité. Eux la connaissent.

Récupérés dans la galerie de Karl Mayländer par un sbire du dignitaire nazi Hermann Göring, ils ont rejoint les mille trois cent soixante-seize tableaux de sa collection. Alors qu'ils avaient été identifiés comme « œuvres dégénérées », le responsable de la Chambre des beaux-arts du Reich à Berlin, féru de tableaux sulfureux qu'il gardait dans un cabinet de curiosités, les a sauvés clandestinement du bûcher. Un de ses amis, responsable dans Tallinn occupée de la propagande nazie, les emprunta pour illustrer la dégénérescence de l'art bourgeois viennois face à l'art héroïque germanique. Le retour des troupes soviétiques en Estonie changea la donne. Ils se retrouvèrent entre les mains du secrétaire du Parti communiste estonien, Nikolaï Karotamm, avant d'être subtilisés par les Metsavennad, Frères de la forêt, au cours d'une razzia dans les locaux du PCE et ils restèrent dans la cache du blockhaus jusqu'à leur récente découverte.

Mais peut-on faire confiance aux confidences de deux arlequins jetés sur une toile par un peintre rebelle ivre de ses propres reflets ?

Des pas furtifs sur la coursive, la porte poussée se referme aussitôt – « Pardon, excusez-moi » –, les pas s'éloignent.

Étrange incursion.

Maître Jakobson va vers les tableaux, les soulève à hauteur de visage, l'un après l'autre.

– Vous attendez qu'ils vous parlent ? ironise gentiment Hanna Roberte.

– Allez savoir…

Il les repose, la rejoint.

Elle en dit plus :

– Schiele était attiré par les groupes occultes ou théosophiques qui cherchaient à cerner les phénomènes paranormaux. Il fait état d'une expérience spirite où son père est apparu à son chevet. Rien d'étonnant à ce que ses tableaux traversent les époques et vous parlent à l'oreille.

– Il y aurait l'artiste peintre, sa peinture et un au-delà de ses tableaux ? C'est cela ?

– À Munich, ville élue par Rudolf Steiner, l'occultiste autrichien fondateur de l'anthroposophie, le peintre Kandinsky publiait *Du spirituel dans l'art*. C'était le début du surréalisme.

– Kandinsky ! lance Louna, qui répète avec force : Kandinsky !

– Oui, reprend Hanna. Pétri de mythologie russe, il en vint plus tard à penser que l'agencement des formes colorées primait sur la représentation objective de la réalité. D'autres encore à cette époque furent adeptes du spiritisme. Schiele l'Autrichien, Kupka le Tchèque, Mondrian le Néerlandais, Malevitch le Polonais. Pour eux, le tableau, plus qu'une toile où s'accrochent des pigments, était un léger voile de tulle. Qui savait l'écarter accédait à la vérité.

Déportée par la bourrasque de mots, Louna se serre en bout de divan.

L'historienne continue :

– L'essentiel est de savoir comment ces tableaux, quelle que soit leur réalité, ont été récupérés par Toomas Espérance-Luutos. Je vous rappelle qu'il est né en 1918, déclaré mort au front, côté allemand et côté soviétique, en 1944. Il réapparaît en France en 1960 comme s'il revenait de très longues vacances, se marie, a deux enfants, disparaît à nouveau sans crier gare en 1974. Des vacances dont cette fois il ne reviendra pas.

– Si, chère Hanna. Il a laissé à l'envers des deux tableaux un message de sa main à l'intention de son fils et de sa fille : « L'Espérance est ma patrie. »

– Arrêtez, s'il vous plaît !

La voix de Louna, cinglante, qui poursuit :

– Vous n'en savez pas plus sur notre père que nous. Appelez « mystère » le doute dans lequel nous avons vécu si ça vous chante, mais ne vous accommodez pas d'une histoire qui arrange votre logique d'expert.

Lukas se rapproche de sa sœur et enchaîne :

– Merci pour vos recherches, nous en savons assez. Demain nous vous accompagnerons à la fête des chorales, puis nous partirons. Vous connaissez nos adresses en France.

C'est sans appel.

Surpris, Stig lance doucement, avant de sortir :

– Dans ce cas, rendez-vous pour tous vers midi à l'entrée ouest du Lauluväljak, porte 23. J'aurai pris les réservations.

Hanna et Arvo acquiescent avec une exquise politesse, réussissent leur sortie rythmée par la canne au pommeau sculpté.

Un trop-plein de mots tourne dans le loft.

Lukas ouvre la baie vitrée, cherche l'air, pousse un cri à décrocher les vingt-sept tours des remparts de la ville haute, se plie en deux, tousse, crache, cassé par le redoutable climat de la Baltique, tombe à genoux.

Louna rapproche les canapés, l'oblige à s'allonger à ses côtés.

Ils s'endorment, épuisés par la longue marche qui depuis une semaine les a conduits de leurs nids d'aigle jusqu'à Toomas, leur père.

Piégée par de longs filaments d'altitude, la lune clignote derrière la verrière. Les deux corps allongés s'étirent, se pelotonnent comme jadis dans la chambre d'amis de la maison des parents. Paroles secrètes, essentielles.

L'aînée, en premier :

– Le Kandinsky que j'ai récupéré, Léa pense qu'il est d'un des élèves du peintre. Maintenant, je crois que notre père réalisait des faux. Des nuits entières dans le sous-sol de la maison avec tubes et pinceaux. Le matin il remontait, les yeux rougis, un tableau sous le bras, l'air heureux, et dans la semaine il repartait pour un pays inconnu.

– Les Schiele seraient des copies de sa main ?

– Des vrais-faux, pas impossible. Après tout, des tableaux incertains peints par un homme ambigu, ça a un certain panache, non ?

– L'abandon, la lâcheté que tu dénonçais, tu en fais quoi ?

Long silence. Le loft est balayé de langues de lune. Ils naviguent en confidence.

– C'est vrai, je lui en ai voulu, terriblement même, et je suis venue à Tallinn pour l'affronter.

– Alors, qu'est-ce qui a changé ?

– Tu m'as donné une clef : « Nous sommes des héritiers, pas des liquidateurs. » Cet homme vagabond, volage me lègue ce qu'il y a de plus précieux pour moi, le bleu des mers profondes, le jaune d'or, le vert vif, le rouge pivoine, le violet pourpre de la robe de la femme allongée. Les couleurs mêmes de l'hélice du grand mât de mon jardin, celles des ailes de mes moulinets et des pales de mes vire-vent. L'harmonie chromatique de mes installations est dans la composition du tableau qu'il me transmet. Comme si notre père était venu clandestinement traîner autour de la maison des douaniers se rendre compte de ce que j'étais devenue.

Un air de saxo vers la coursive, des chœurs d'hommes sur une musique slave. Sur le port, un feu d'artifice tiré d'un navire. Par bouffées, des fanfares en débandade.

Dans le loft, le murmure d'un frère et d'une sœur qui remontent en brasse coulée une rivière tumultueuse.

– Je sombre, Louna. Sans rien comprendre. Les doigts en ciseaux de l'homme à la veste bleue qui paraissent trancher un lien, je les reconnais, ce sont les miens… Ce matin-là, avec Léo, on escalade, sans magnésie. Peau contre granite. Sa paume, un petit coussinet tiède, plaquée à la mienne, confiante. Une passe trop étroite pour deux. Il glisse, veut se rattraper. Mon bras droit, solide comme une barre de fer, mais mes doigts abîmés, douloureux, inutiles. Ses doigts s'enfuient. Le lien est tranché. Chute muette. Ralenti fulgurant. Pas un cri. La chaleur de sa peau gravée en moi alors qu'il tournoie dans le vide. Sur mon poignet, trois petits traits, la marque de ses ongles. Son corps d'enfant étrillé sur un rocher. Offrande à la montagne. « A ghosteen dances in my hand / Slowly twirling, twiriling all around… » Les doigts en ciseaux du tableau, c'est un miroir que m'a transmis mon père. Comment pouvait-il savoir ?

La rivière s'apaise, ils approchent de la source.

Les remous susurrent à l'oreille de Louna que c'est là, qu'il faut en finir avec les images qui l'enferment. À son tour, dire le corps brisé, les doutes.

– La route est droite, sans piège. Les haies du bas-côté. Petites fleurs blanches. Printemps. Balade à deux. Pas de ceinture de sécurité, des points d'attache défaillants. Elle conduit vite. Des lunettes de soleil, celles qui cachent les larmes. La radio, grande musique, opéra je pense. Ses mots s'embrouillent, souvent elle parle seule le soir mais là c'est le plein jour. Le macadam brille, bruine plus que pluie. Elle tourne la tête, sans ses lunettes, tente un sourire, dans une seconde les éclats du pare-brise sur son visage. Le petit mur fonce sur nous, je hurle à ma mère. Je suis certaine, elle savait. Ou la fatigue. Sinon, pourquoi alors ? Je n'en peux plus, Lukas, elle ne voulait plus vivre, c'est tout, mais là, avec moi, le hasard ? Ça ne se réfléchit pas, un accident. Lukas, Lukas !

Il se lève, bouleversé, fait quelques pas, allume la radio, revient, prend sa main, se rallonge à ses côtés, cherche à l'apaiser :

– Louna, nos vies sont mangées par la quête d'une vérité si douloureuse qu'on ne peut l'atteindre mais, au sommet de cette montagne de doutes, plantés comme des talismans, les tableaux nous donnent la liberté de dire l'indicible.

Entre les mots se glissent des notes claires qui montent et descendent en répétition céleste, un violon étire le fil mélodique d'une séquence infinie. Les toiles se dépouillent des pigments et des gouaches, deviennent voiles de rédemption, de ces linges que l'on passe sur le front des enfants fiévreux et qui calment leurs frissons.

L'homme à la jaquette bleue replie ses doigts, la femme allongée recouvre son corps d'un long manteau blanc, la paix des âmes descend sur la pièce haute dans une envolée d'arpèges affûtés aux clochers de pierre de Tallinn, et la musique de l'Estonien Arvo Pärt apprivoise le déchirement de l'homme et de la femme enlacés.

Jaakob monte quatre à quatre les escaliers du 16 bis Pikk Tänav, journal du matin à la main. Il marque une pause dans le salon, relit rapidement un article du *Postimees* et, tout excité, frappe à la porte du bureau où son père et Hanna Roberte travaillent avant d'aller rejoindre le Lauluväljak.

– Je pense que ça vous intéressera !

Il déplie le journal par-dessus les tasses en porcelaine et la coupe de chocolats pralinés. L'actualité en direct plaquée sur le rituel du matin.

Contrariété sur le visage du notaire, l'indélicatesse de son fils le surprendra toujours. Avec son polo bleu clair, ses joues ombrées d'une barbe travaillée, il a belle allure, mais il est d'une génération indifférente aux convenances.

– En page intérieure, ajoute-t-il, lisant d'une voix forte : « Un trésor dans les bois du comté de Viru-Est ! »

Avec une même stupéfaction, Hanna et Arvo découvrent les photos des deux tableaux de la succession Espérance-Luutos. L'article résume le témoignage du chasseur qui a trouvé les toiles du peintre dans un bunker écroulé envahi de ronces. Rien sur l'éventuel propriétaire, ni sur l'étude Jakobson, mais le *Postimees* pose la question : « Vrais ou faux tableaux ? » S'ensuit un rapide rappel de ce qu'étaient les Metsavennad qui avaient fait de la sapinière de Karmana un lieu de résistance clandestin.

Arvo Jakobson rajuste son nœud papillon et explique, à l'intention d'Hanna :

– Il y a quelques mois les journalistes d'investigation du *Postimees*, en désaccord avec la nouvelle ligne éditoriale, ont démissionné. Maintenant les articles vont dans le sensationnel. Pas une ligne pour expliquer la peinture d'Egon Schiele. Quant aux Frères de la forêt, ils en font une saga romantique !

– C'est ce qu'attendent leurs lecteurs, non ?

– Mais l'histoire de l'Estonie est complexe ! À la fin de la guerre, Roosevelt, pour qui ce pays confetti était sans enjeu stratégique, laissa carte blanche aux Soviétiques qui traquèrent ces combattants sans répit. Beaucoup venaient de la campagne, de jeunes fermiers dont certains, harcelés, cernés, préférèrent se tirer une balle dans le visage pour rendre leur identification impossible et préserver leur famille. Voilà la vérité !

– Vous en parlez avec un lyrisme triste.

– Avec émotion, Hanna, avec émotion. Le dernier

des Metsavennad a été arrêté par le KGB en 1978 et la légende veut qu'il se soit jeté dans la rivière Võhandu plutôt que d'être déporté en Sibérie. L'Estonie, encombrée de son passé, a tendance à oublier le sacrifice des Frères de la forêt.

Il se tourne vers Jaakob qui ne sait que faire de son grand corps dans ce bureau encombré de dossiers, de livres de droit et de statuettes.

– J'espère, fils, que ta génération n'oubliera pas que la liberté qui lui semble acquise a été défendue dans le sang et les larmes par ses aînés.

Jaakob, qui n'apprécie guère d'être sermonné devant Hanna, réplique sans filtrer son propos :

– Tous n'ont pas été sur le front des combats, n'est-ce pas ? Eduard Jakobson, mon grand-père, est resté à Tallinn pour négocier avec les forces allemandes puis soviétiques, que je sache.

– C'est grâce à son sens de la diplomatie que l'étude a été préservée et que tu pourras bientôt faire graver ton nom sur la plaque de cuivre du 16 bis Pikk Tänav. Que sais-tu de ces « négociations » comme tu dis ? Que sais-tu des dangers qu'il y avait à cacher les dossiers dans la cave ? Que sais-tu des faux documents à en-tête de l'étude pour protéger les biens des Juifs ? Que sais-tu de l'argent d'Eduard qui alimentait la résistance des Metsavennad ? C'est ton grand-père, mon père, qui m'a appris le chant de la liberté estonienne : « Mu isamaa, mu õnn ja rõõm. »

Un léger tremblement au bord de ses lèvres, mais rien n'altère sa prestance. Il conclut :

– Et aujourd'hui, dans la continuité de nos valeurs familiales, tu m'honorerais si, pour le Laulupidu, tu mêlais ta voix aux nôtres.

Surpris par le ton fiévreux de son père, Jaakob s'excuse :

– Je suis désolé, je me suis mal exprimé. Puis-je m'asseoir ?

Arvo Jakobson va chercher une tasse dans le buffet du salon, la pose devant son fils, s'appuyant de son autre main à son épaule. Geste d'apaisement.

– L'article du *Postimees*, dit-il, jette cette succession sur la place publique, nous allons être submergés de sollicitations.

– Pourquoi craindre la rumeur publique ? Et en quoi un héritage privé concerne d'autres personnes que les ayants droit ?

– Si vous permettez, avance Hanna Roberte sur un ton léger, il s'agit de tableaux. C'est un peu mon domaine, n'est-ce pas ?

Le notaire ne s'y trompe pas, son innocent petit rire de gorge prélude à une analyse rigoureuse.

– Éclairez-nous, Hanna. Les photos volées de ces tableaux, Dieu sait comment, sont certainement en train, via Internet, de susciter des vocations de détective.

– Il nous faut suivre quatre pistes essentielles, précise-t-elle de sa voix douce. La plus connue est celle des tableaux spoliés par les nazis. Nos Egon Schiele sont peut-être de ceux-là.

– Malgré le fait qu'ils aient été estampillés comme « dégénérés » ?

– L'interdit donne de la valeur. La deuxième piste part du même principe tout en s'en éloignant. Un Pissarro *La Cueillette des pois*, appartenant à un amateur d'art, Simon Bauer, spolié pendant la guerre, s'est retrouvé par le hasard de transactions dans le catalogue d'un galeriste et acheté tout à fait honnêtement par les époux Toll, grands collectionneurs américains. La famille Bauer, qui voulait récupérer à juste titre son bien, et les époux Toll, nouveaux propriétaires légitimes, ont ferraillé longuement devant les juridictions internationales. Dans ce cas de figure, on peut supposer que Toomas Espérance-Luutos aurait acquis honnêtement ces œuvres non réclamées et qu'il était en droit de les léguer à ses enfants.

– Dans l'affaire Pissarro, comment s'est conclue cette joute juridique ? s'enquiert Jaakob.

– Le tableau a été rendu à la famille Bauer grâce à une ordonnance française de 1945 qui dit, c'est un classique pour un expert : « Les acquéreurs ultérieurs d'un bien reconnu comme confisqué, même de bonne foi, ne peuvent prétendre en être devenus légalement propriétaires. »

– Je suppose que les acquéreurs ont fait appel au niveau international.

– Ils viennent de le faire devant la Cour européenne des droits de l'homme. Ils disent qu'ils paient pour un crime commis par le régime de Vichy.

– S'il en est ainsi pour nos tableaux, nous devons nous attendre à des procédures interminables.

– Je le pense. Mais la troisième piste que j'entrevois peut changer la donne. C'est une des plus vraisemblables. Ces tableaux ne sont pas de la main d'Egon Schiele. Le monde des faussaires est éblouissant. Ils ont l'art de semer de fausses pistes. Il se pourrait que Tomas Espérance, qui a réussi à brouiller l'itinéraire de sa vie, fasse partie de cette lignée de flamboyants escrocs, les Stein, Beltracchi, et tant d'autres, capables de tromper les artistes eux-mêmes. Ce fut le cas pour van Dongen et une de ses *Parisienne de Montmartre* qu'il certifia être de sa main alors que c'était un faux.

– Dans ce cas, que vaut une expertise ?

– D'après la loi, la responsabilité de l'expert se doit d'être sans faute, c'est toute la grandeur de mon métier. Mais, vous savez, entre l'expert et le faussaire, c'est la même course qu'entre le douanier et le trafiquant, le premier a toujours un temps de retard sur le deuxième !

Le père et le fils sont sous le charme de cette grande dame à l'aise devant sa tasse de thé comme si elle faisait cours dans un amphi de l'École du Louvre.

– Et, last but not least, continue-t-elle, n'oublions pas

que les Russes ont sans doute la plus grande collection d'objets doublement spoliés, puisque lors de la défaite des nazis, ils se sont approprié les œuvres déjà volées et qu'ils n'ont nullement l'intention de les rendre. Nul ne sait ce que recèlent les réserves des musées de l'Ermitage à Saint-Pétersbourg et Pouchkine à Moscou. Les Egon Schiele ont-ils suivi l'itinéraire Vienne-Paris-Berlin-Moscou avant de revenir mystérieusement en Estonie ?

Jakobson regarde sa montre.

– Il faut y aller, la tête du défilé a dû atteindre le Lauluväljak.

– Quelques minutes encore, demande-t-elle. Nous ne savons pas qui a pris ces photos, peut-être un journaliste qui a profité que la porte de l'atelier soit restée ouverte ou un des intermédiaires entre le chasseur qui a fait la découverte et le bureau de la chambre des notaires. Mais il faut que les enfants Espérance sachent qu'après la révélation du *Postimees*, le chemin sera long avant qu'ils entrent en possession de leur héritage.

– Certainement, la chambre des notaires va être tatillonne, de même que mon confrère Lindberg de Stockholm. Les instances juridiques françaises, autrichiennes et celles d'où émaneront les demandes de restitution vont entrer dans la danse. Vous-même, vous allez contacter d'autres laboratoires d'analyses. Cela prendra du temps. Mais savez-vous à quoi je pense, chère Hanna ?

– Peut-être ! Cette porte de l'atelier, restée ouverte, me semble inconcevable, sauf à vouloir se débarrasser, inconsciemment ou pas, des tableaux.

– Allez plus loin dans votre raisonnement, insiste le notaire.

– Je ne suis pas certaine que Louna et Lukas Espérance veuillent garder les tableaux, la reconnaissance de leur père est un legs suffisant. Et puis ces toiles sont chargées de tant d'histoires douteuses qu'elles dégagent une force destructrice dont ils semblent se méfier.

– Mais ces tableaux ne sont pas mortifères, ils sont expressionnistes, colorés.

– En effet, des peintures rares chez Egon Schiele.

– Alors je ne comprends pas.

– Nous sommes là pour transmettre un héritage, pas pour le comprendre. Les dernières volontés d'un homme appartiennent à ceux pour qui elles sont prononcées.

– Devons-nous nous retirer de cette succession si elle vous semble douteuse ?

– Non, les tableaux existent et ils ont parlé à Louna et Lukas. Votre mission première est accomplie. Le reste appartient à la routine anecdotique de nos métiers authentifier les œuvres, faire entrer les demandes de restitution dans le cadre de la légalité successorale.

Jaakob a suivi cet échange avec stupéfaction. Envisager l'abandon des procédures, ce n'est pas sa façon de travailler. Il tente une échappatoire :

– Si nous commencions par porter plainte pour le vol des photos ?

Le décalage est tel qu'il n'est pas entendu.

Jakobson tend la main à Hanna et, galanterie d'une autre époque, lui offre son bras. Ils quittent le bureau. Dans leur sillage, le fils, réticent, les suit pour une fête qui n'est pas tout à fait la sienne.

Rendez-vous tumultueux ! Ils sont plus de mille à se presser à la porte 23 ouest du Lauluväljak. Stig louvoie entre les groupes, repère le tee-shirt rouge de Lukas, Louna à son bras. Ils naviguent à vue, entraînés par la vague humaine qui déferle vers les vélums de toile blanche de la billetterie d'entrée.

Serré contre le portillon, Jaakob les attend, protégeant de la bousculade Hanna et Arvo passés en moins d'une heure des bals feutrés viennois à la plus démesurée des fêtes populaires de tous les pays baltes.

Un océan de têtes couronnées de fleurs tressées, bleuets des champs et marguerites, de fronts ceints de bandeaux bleu et blanc, de cheveux blonds nattés, de bonnets, de casquettes plates de musiciens s'étale jusqu'au pied de l'immense estrade en ogive, couverte d'une demi-toiture en béton clair, où vingt mille choristes prennent place.

Poussés, tirés au gré des ressacs, ils rejoignent leur banc numéroté, se collent les uns aux autres comme un corps unique pris dans une ferveur collective qui dépasse tout ce qu'ils pouvaient imaginer. Cernés par une myriade de petits drapeaux estoniens, bouées tricolores ballottées par la brise du large, ils tanguent au rythme de la respiration de cette chimère des mers froides que la Baltique rejette en fanfare tous les cinq ans sur la prairie du Lauluväljak pour célébrer le bonheur retrouvé d'appartenir à une nation libre.

Et lorsque, du pupitre aussi haut qu'un plongeoir de compétition, une femme que la distance rend minuscule donne le *la*, en retour un incroyable son, un cri plus fort que tous les canons du monde, lance le signal. La fête de la patrie estonienne commence.

Pendant quatre heures, au rythme des chants qui se succèdent, l'extraordinaire chœur repris par des centaines de haut-parleurs enflamme le stade.

Les chefs de chorales prennent place à tour de rôle au pupitre, bras comme des ailes, visages en extase, portés par une tornade d'applaudissements à chahuter toutes les cloches d'Estonie. Et lorsque résonnent les cent mille trompettes d'archanges de l'hymne estonien, celui qu'Arvo Jakobson a appris de son père : « Mu isamaa, mu õnn ja rõõm », l'immense parterre en éruption se soulève et le geste de fraternité qui fait se joindre les mains de tout un peuple se propage en ricochets à travers le stade. « Comme tu es belle / Je ne trouverai jamais ici / Dans ce grand et vaste monde / Quelque chose qui me soit aussi cher / Que toi, ma patrie », traduit le notaire, larmes aux yeux.

Son fils le soutient. Le vieil homme lui demande de faire une pause.

Allée par allée, ils s'éloignent de l'énorme pression de la foule en communion.

*

Dans la chaleur des prairies alentour, une myriade de stands et de buvettes ont fleuri. On vient au Lauluväljak pour perpétuer la tradition des chants chorals, écouter battre le cœur de la nation et trinquer à la vie.

Ils s'installent autour d'une table champêtre, sans autre nécessité que d'écouter chanter un peuple et se laisser aller à l'ombre d'un tilleul. Chacun s'évade dans ses pensées.

Hanna Roberte, qui a retiré son gilet brodé et s'évente avec un éventail de nacre, ne laisse pas son esprit au repos. Il y a une cinquième piste dont elle n'a pas parlé. Une main amie et anonyme n'aurait-elle pas caché récemment les Egon Schiele dans le bunker du bois de Karmana, accomplissant ainsi une vieille promesse faite à Toomas Espérance-Luutos ? Et aussi, qui sait, l'odyssée des tableaux n'est pas terminée, les voleurs d'images qui ont contacté le *Postimees* sont peut-être en train de les dérober dans l'atelier désert. Elle a appris qu'une bande d'Ukrainiens, avides de toiles de maîtres, écumait les pays baltes.

Mais qu'importe, quelle que soit la vérité, ces tableaux ont rempli leur office : la sœur et le frère Espérance se sont reconnus.

Dans la tête de Louna, les mots écrits de son père tournent en boucle : « L'Espérance est ma patrie. » En ce jour de fête du Laulupidu, tous leurs sens se dévoilent, car l'Estonie aussi est un symbole d'espérance. Cette nation capable d'élever un rempart de fraternité pour repousser le fracas des obus est un magnifique exemple de résilience.

De retour à Binic, elle écoutera une dernière fois le disque de Borodine et enverra les caravanes de l'Asie centrale rejoindre au fond d'un tiroir les images sépia de l'accident. Le temps fera son œuvre et l'appel « Pourquoi m'as-tu abandonnée ? » ne s'entendra plus qu'aux marches des calvaires bretons.

Lukas, lui, se rappelle que, ce matin même, il est resté sidéré au pied de l'immense cheminée de la Kultuurikatel. Peintes à la chaux à même la brique, deux immenses lettres : UN pour United Nations. Elles signent dans le film *Stalker* de Tarkovski l'entrée dans un monde en ruine où les lois de la réalité ne s'appliquent pas et que le cinéaste appelle la « zone ». C'est ici même qu'il a tourné la scène culte où le Stalker, le

Passeur, entre dans cet espace humide, glauque et poétique.

Au ciné-club du haut des remparts de Briançon, Lukas a vu trois fois le film, fasciné par la beauté froide de ce monde onirique, et voilà que depuis une semaine il habite ce lieu magique débouchant sur la mythique « chambre » imaginée par Tarkovski. Là-bas, au bout d'un tunnel, pour ceux qui n'ont plus rien à perdre dans la vie, tous les souhaits peuvent être réalisés.

Au souffle des chants qui baignent la prairie s'allie sa musique intime :

« I am beside you, you are beside me. » Mais aujourd'hui, dans la magie de la fête des voix libérées, cette prière chantée monte vers Léo, son fils, et vers Tomas, son père. Il y a place pour trois dans la chambre de tous les possibles.

Devant une Viru Pilsner servie dans un gobelet en carton, jambes allongées au soleil, Stig sourit. Il vient d'apprendre de la bouche de Jaakob la diffusion des photos dans la presse du matin. Les chasseurs de primes du monde entier vont se réveiller et les procédures successorales élaborées par l'étude sont à revoir.

– La rémunération liée au contrat de révélation est en suspens, a ajouté le fils du notaire avec une petite lueur revancharde dans les yeux.

Stig s'en fiche, son bénéfice est ailleurs. Parti de Stockholm sous la tutelle rigoriste de son père, il a trouvé à travers l'Estonie une respiration aussi ample que celle qui monte aujourd'hui du bord de la Baltique vers les cieux. Et il est bien décidé à se maintenir dans le vent.

Dès la semaine prochaine, il entamera les démarches pour s'inscrire à l'académie estonienne des beaux-arts, à Tallinn. Comme Egon Schiele, il brisera les règles plastiques que l'on enseigne aux Beaux-Arts et les prochains tableaux hypnotiques, accrochés aux murs de sa chambre, seront de sa main.

Tout à l'heure, lorsque la foule aura déserté le stade pour s'égailler dans les ruelles de Tallinn, il rejoindra Marit. Dans un sous-sol squatté de l'ancienne prison désaffectée Patarei, les J.M.K.E., un groupe punk rock estonien, entame la « Folle nuit de la pérestroïka ». Rien de tel que des tonnes de décibels ironiques pour assourdir un passé sans humour et sans gloire.

En bout de table, seul à échapper à ses pensées, Maître Arvo Jakobson, dans un léger glissement du corps vers l'avant, sombre dans un repos bucolique, après avoir desserré son nœud papillon crème qui bat sous la brise. Traits apaisés, tête soutenue par sa main gauche, il garde fière allure dans son costume de lin beige. Au sol, sa canne signale sa noblesse plus que son âge.

Il aurait pu poser pour Egon Schiele qui en 1916, deux ans avant sa mort, sorti de sa fascination pour ses images sexuelles, exécuta des portraits de ses proches. Et en particulier un de son beau-père, Johann Harms, dans une posture identique qui dévoilait son attachement pour le vieil homme dont il fit plus tard un masque mortuaire.

Deux fillettes, à distance respectueuse, intriguées par la scène des six adultes silencieux, se chuchotent à l'oreille. L'une, longs cheveux châtains sous un bonnet-casquette tricoté en laine bleu rayé de filets blancs, yeux bridés des peuples du Grand Nord, l'autre au regard clair, le front barré d'un bandeau rouge piqueté de perles argentées qui lisse ses cheveux blonds, toutes deux dans des robes bordeaux aux broderies fleuries.

Elles se demandent quelle sorcière a figé ces comédiens au milieu de la foule qui s'éparpille entre les buvettes. La petite blonde s'enhardit, à toute vitesse va toucher la main du vieil homme, y dépose une fleur de bleuet, et elles s'enfuient en riant fort comme si elles venaient de le délivrer d'un mauvais sort.

Les premières neiges d'octobre sont éphémères, légères. La danse des flocons brouille le regard. Silence dans la vallée.

Protégée par l'avancée du toit, Louna, assise sur un banc du balcon, emmitouflée dans un gros pull de Lukas, s'étourdit de ce voilage de plumes. Par moments, une vague silhouette, des pas feutrés sur le chemin, puis le silence à nouveau.

Chez elle, l'océan murmure ou rage, les installations du jardin crissent au vent, les mouettes bataillent, tout est bruit et mouvement. Même les nuits de calme plat, les étoiles raclent le toit, les vitres de l'atelier s'ajustent.

Ici, tout est silence et immobilité. Trois jours dans l'Oisans, et déjà l'horizon des gens de mer lui manque.

Avant d'être les descendants d'un homme qu'ils hésitent encore à nommer « père », ils sont le fils et la fille de la roche et de l'eau.

– Nous sommes des enfants fantômes ! a-t-elle dit à

Lukas, sans savoir que côté « ghosteen » il en savait beaucoup.

Quand ils ont reçu la dernière lettre de Maître Jakobson, Lukas a demandé à sa sœur de venir à Ventelon. Elle a aussitôt accepté.

Après la diffusion de l'article sur les tableaux non répertoriés, comme il était prévisible, des demandes d'expertises se sont multipliées. De New York où l'héritière d'un collectionneur viennois ami de Schiele piste à travers le monde les tableaux volés. D'une fondation israélienne qui s'occupe de retrouver les biens spoliés par les nazis. De France où une spécialiste des non finito, ces œuvres que les artistes ont laissées à l'état d'ébauches, voudrait les examiner de près. Plus quelques margoulins à l'affût de l'affaire du siècle.

Derrière la porte vitrée, Lukas observe Louna qui guette une éclaircie. À la gare de Briançon où il est allé la chercher, il était aussi ému que lors de son départ pour le collège d'altitude. Entre ces deux moments, un bond de quarante ans. Le temps en pointillés. Une habitude chez les Espérance.

Il la rejoint. Fromage et vin de Savoie sur un plateau, couverture de laine sur le bras. De quoi se réchauffer. Comme dans les nuits de l'atelier de la Kultuurikatel, ils parlent sans se regarder, leurs échanges sont aériens.

– Accoler le nom de mon père à celui de ma mère, ça commence à avoir du sens pour moi, avance Louna.

– Brusky-Espérance ou Espérance-Brusky ?

– Pourquoi pas Espérance-Brusky-Hoffnung-Nadezhda-Luutos-Lootus ?

– Ajoute « alias Schiele », si tu penses que les tableaux sont de lui !

Ils rient. Rien n'interdit aux enfants orphelins de jouer à s'inscrire dans une lignée magique. Plaid sur les genoux, ils s'en vont sur une troïka dans l'immensité blanche de l'Asie centrale où folâtre Croc-Blanc.

D'une des poches de son anorak, Lukas sort un papier blanc froissé autour d'un objet. Cadeau qu'il tend à Louna.

– Un cristal de quartz et d'épidote.

Dans ses mains jointes, une pierre vert jade tachetée d'une explosion d'or et de rouge.

Elle tremble.

Pour couper au trouble, il précise, sérieusement :

– De l'affrontement tellurique des roches est né cet extrait de légèreté et de beauté.

Un tourbillon rabat les flocons contre leurs visages. Caresse de l'au-delà.

À l'oreille de Louna, une confidence :

– Allons sans peur sur nos chemins parallèles, quand tu auras besoin de moi, je serai à tes côtés.

Le lendemain, sur le quai de la gare, Louna glisse un paquet plat sous le bras de son frère :

– Pour vous deux. Je sais que tu le porteras haut.

Le train s'efface dans un brouillard de neige.

Ce « vous deux » tout en retenue a la vertu d'apaisement d'une main sur son front.

Mi-novembre, sous le foehn la montagne s'est teintée de sable. En trois jours la neige a fondu, délimitant les revers des talus de lambeaux blanchâtres.

Une aubaine pour Lukas qui rêvait de reprendre ses courses. Chaque jour il s'est entraîné chez lui. Sa main droite a retrouvé sa mobilité. Il a travaillé les tractions et le blocage des mouvements, n'a pas récupéré toute sa force en arqué, mais une fois échauffés, ligaments et tendons ne le font plus souffrir. Suffisant pour attaquer la Meije par l'arête ouest.

Il a quitté Ventelon à six heures ce matin. Le gel figeait le bassin de la fontaine, il faisait grand beau.

Enfilant son gros pull à col roulé, il a eu une pensée pour le généalogiste au look de marin. Au fil des semaines, l'aventure de Tallinn s'éloigne. Parfois, avant de s'endormir, lui reviennent des images de l'homme à la redingote, aux cheveux bleus et aux doigts effilés, puis la silhouette devient aussi floue qu'une photo jaunie glissée dans un album de famille à côté de celles des parents disparus.

*

La roche granuleuse assure de bonnes prises, il retrouve le jeu de ses muscles, épaules, biceps, jambes. Son corps adhère aux cassures, aux entailles, aux saillies du granite.

À la jonction avec la voie de la pyramide Duhamel, le soleil le rejoint. Sous la piqûre des rayons, le moindre creux d'eau glacée s'étire, craque, crépite. D'est en ouest la Meije s'éveille dans une myriade de claquements de langues. Installé sur un promontoire pas plus large qu'un cercle de tonneau, Lukas gobe le premier souffle du monde et lance le cri primaire qui l'accompagne dans ses moments d'extase ou de douleur. De très loin, un appel en retour. Puis un autre. D'autres fous des sommets, stalkers de l'inutile, veillent.

De son sac à dos, il sort un marteau de cristallier, un pic à pierre forgé d'une seule pièce capable d'attaquer la plus dure des roches. Une heure plus tard, en sueur, il finit de creuser un trou assez profond pour y glisser une tige de métal haute d'un mètre. Dans une vieille casserole, il fait un mélange de ciment à prise rapide et d'eau qu'il coule autour de la tige.

Le cadeau de Louna est dans une poche latérale du sac. Une rosace à huit feuilles torsadées montée sur un axe multidirectionnel que le moindre mouvement fera tourner, une étoile de métal or et argent capable de rivaliser avec Sirius la blanche. La rosace fixée en haut de la tige supportera les tempêtes d'automne, les bourrasques de neige, les pluies de printemps, les orages d'été.

Les mots de Louna : « Pour vous deux. Je sais que tu le porteras haut. »

Léo poids plume des falaises, Léo des lacs d'altitude et des pelouses de printemps, Léo aux rêves de fluorines rouges…

DU MÊME AUTEUR

Aux Éditions Albin Michel

MENACE SUR LA VILLE, 1998.

HAUTE EST LA TOUR, 2003.

LE PONT DE RAN-MOSITAR, 2005, prix France Télévisions.

LA CHAPELLE DES APPARENCES, 2007.

LE GRAND EXIL, 2009, prix des Grands-Espaces.

L'HOMME À LA CARRURE D'OURS, 2012, prix Lettres-Frontière.

LES TROIS CADEAUX, Album Jeunesse, 2013.

L'ENFANT DES MARGES, 2014.

MATIN BRUN, œuvres de C215, Album Jeunesse, 2014.

LA NUIT DES ENFANTS QUI DANSENT, 2017.

PAR LES SOIRS BLEUS D'ÉTÉ, 2019.

Chez d'autres éditeurs

LE VENT DES FOUS, « Série noire », Gallimard, 1993.

PINGUINO, Syros, 1994.

LOA, WEE ET ARUSHA, Syros, 1994.

FOULÉE NOIRE, La Baleine, Le Seuil, 1995.

LE SQUAT RÉSISTE, Syros, 1996.

UN TROU DANS LA ZONE, « Le Poulpe », Le Seuil, 1996.

LES YEUX DE BEE, La Baleine, Le Seuil, 1998.

LA GARE DE LOURENÇO, La Baleine, 1998.

MATIN BRUN, Cheyne, 1999.

PRISE D'OTAGE AU SOLEIL, Nathan, 2000.

JARDINS DE BARBARIE, poèmes, Éditions du Ricochet, 2000.

INDIENNES D'EXIL, poèmes, Triptyque, 2001.

LA NUIT DES FRICHES, Le Verger, 2001, 2016.

UN DOIGT DE LIBERTÉ, Trait d'union, 2001.

APRÈS MOI, HIROSHIMA, Zulma, 2002.

ESCALE À CHÂTEAU-ROUGE, Milan, 2002.

SOMMEIL DE PAGNE, Desclée de Brouwer, 2003.

LE SILENCE DES AIGLES, Alternatives, 2004.

OUBLIEZ-MOI, La mauvaise graine, 2010.

PONDICHÉRY-GOA, Carnets Nord, 2010, 2016.

Composition IGS-CP
Impression CPI Brodard & Taupin en décembre 2021
Éditions Albin Michel
22, rue Huyghens, 75014 Paris
www.albin-michel.fr
ISBN : 978-2-226-46891-8
N° d'édition : 24716/01 – N° d'impression : 3046213
Dépôt légal : janvier 2022
Imprimé en France